Jean老師 光速英語

Jean老師 ———— 著

20 小時聽懂、敢說！
英語不再難開口

學了好久的英語，見到外國人依然皮皮挫？！
Let's set your English FREE！

中年大媽的魯蛇翻身記

蘇秝綺（Lilian 老師）

　　Jean 老師和我都是「中年換跑道」的轉職媽媽，我們一見如故。當 Jean 老師剛開始推廣「光速英語」時，大家對於英語用「短期訓練」的概念還是很陌生，甚至很多人不以為然。

　　但她的眼神總是很堅定，也總是很有自信地說：「只要 20 小時，台灣人就可以全英文溝通！」我被她感動了，於是做了一個瘋狂決定——那就是「用技術入股」，和她一起打天下，就開啟了我倆的創業之旅。

　　她主外，我主內；她教學，我辦學；她拍影片，我打廣告，品牌知名度也就這樣一點一滴的打出來了。

　　在一起創業的旅程裡，我們最大的收穫就是心靈的成長。我們不只藉著這個舞台磨練了專業技能，更重要的是，也給予我們的心境修練。在順境時，如何不過度擴張，確保優良的品質；在逆境時，如何找回內心的平靜，運用宇宙的力量，化危機為轉機。

　　在事業的起伏與紛擾裡，我們不斷的前進，並且更認識自己；在找回自我的價值後，我們才能真正專注於貢獻己力，創造真正的價值。

　　我們實現了當年的願景，一批又一批的學員從英文地獄裡解脫，真正的愛上英文，到了英文的天堂，包括我自己！

　　Jean 老師常說在她的課程裡，英文是附贈的，真正的寶藏在於心靈。

　　她要的是引導學員掌握宇宙法則，找回內心深處的力量，重拾英文與人生的自信！由她從無到有，以身作則開始。在她的課程裡，你會感受到學習英文的快樂，發現以及肯定自我價值！

　　看到 Jean 能出書，真的很開心！誠摯的推薦，這本書不但能讓你重新認識英文，也能讓你重新認識自己。期許大家都能跟我一樣，重獲英文與心靈的真正自由！

（本文作者為采熙國際有限公司　創辦人）

順著本能學英文

余建翰

很榮幸受邀寫推薦序。

這本書在眾人的引頸期盼下終於出版面世了，對曾經受惠於老師課程的我來說更是興奮不已，因為我知道這本書將會是老師最好的分身，把老師想提升台灣人英語程度的理念和使命散播到更多的地方。

我自己身為企業培訓講師，也是貿易公司的經營者，對我來說，英文絕對是做貿易的基本能力。

不單單是 E-mail 和國外客戶書信往來，有時更要面對面的全英文溝通。然而回首過往，學生時期在英文科目的成績都是平平，這個願望始終很難達成，直到我遇見了 Jean 老師。

老師的教法完全顛覆了以往在學校學習的模式。一般學校教的順序是寫、讀、說、聽，而老師的順序是反過來聽、說、讀、寫。其實老師的方法，才是真正符合一個人學習語言最自然的順序。請你想想牙牙學語的小孩，不也

正是這樣過來的嗎？

　　老師教學時最大的宗旨，就是要我們把英文當成術科活用，而不是當成學科死記硬背。因此在學習的過程中，充分運用五感加強記憶就變得非常關鍵。

　　除了眼到嘴到耳到以外，更要加上雙手做出相應的動作。在練習了一定的次數，讓英文變成反射動作後，就能進入潛意識的龐大資料庫中，未來在要提取資料時，自然就能脫口而出了。

　　順著大腦的本能來學習英文，順水推舟肯定比逆水行舟要輕鬆有效多了。

　　上過課後我時常在想，如果學生時代的老師能像 Jean 老師這樣，現在我的英文能力肯定更上一層樓。

　　當然，比我更幸福的是現在正在閱讀此書的各位讀者們，因為此刻你們已經遇見了 Jean 老師，祝福每位朋友在未來的人生道路上都能夠不再害怕英文，勇往直前。

（本文作者為企業培訓講師）

不完美的英文？

梅洛琳

幾年前，我因故採訪了 Jean 老師，也參與了一些她的課程。剛開始時，我只覺得這位擁有台灣國語的英文老師非常親切，在教學時說著我能理解的英文，讓我覺得自己的英文也不是無可救藥。

上課後，幾次旅行到了非中文國家，試著和當地的人進行溝通。這些「外過人」來自四面八方，在他們的國度也會學習英文，卻演變出各種口音，讓我發現，所謂的「英文」原來不是一定要字正腔圓。

原來，英文可以不完美？

這不禁讓我想起，以前在學英文時，常常因為英文文法不對，或是發音不標準而受到打擊。怕文法選擇錯誤被扣分，怕說不好會被老師罵。

我害怕英文不夠完美，所以一直不想開口。

但，英文不完美的人，就沒資格開口了嗎？

幾次跟著友人出國時，只要遇到講英文的場合，因為

害怕自己會鬧笑話，所以都自動躲起來。

　　直到後來，發現英文是用來「溝通」而非「演講」，發音、文法不用力求完美時，才感覺英文有親和力多了。

　　如果有個外國人正在學中文，他的日常生活對話沒問題，也可以上菜市場買東西，會有人嫌他不懂得文言文，中文很差勁嗎？

　　以前總認為英文一定要學到好、學到精，才可以開口；現在卻覺得英文只要能溝通，就算文法有誤，或是腔調不正確又如何？至少，我可以進行簡單的交流了。

　　我們所要的，到底是要完美的英文？還是一種敢勇於開口，能夠進行溝通的英文？

　　當然精益求精更好，但如果連打開心扉，開口說的勇氣都沒有的話，又怎麼接著去學習更深奧的英文呢？

　　你要什麼樣的英文，都是個人的選擇。但我需要的，其實只是在遇到外國人時，可以進行溝通，可以用英文來解決當下所遇到的問題，如此而已。光是明白這點，我的心態就已和從前大不同了。

　　謝謝 Jean 老師將我的耳朵打開，讓我可以真正的去「聽」英文了。

（本文作者為作家）

自序
打開英語的開關

　　很多人的英語學習似乎永無止境，一定要長期學習好像是種不成文規定，但隨之而來的，就是長期的花費，而學習效果卻似乎總是不如預期。花費大量時間和金錢後，面對外國人還是像啞巴吃黃蓮，還是口難開。

　　台灣優秀人才很多，卻常受限於英語能力，無法立足國際，真的是非常可惜。

　　過去，我也曾在學習英語的路上經歷許多障礙，但為了在美國生存，因緣際會下，才誤打誤撞的打開了「英語的開關」。

　　過去聽不懂也不太會說的英語，很神奇的在一週內，突然被點通了任督二脈。這個神奇的開關不只是我有體驗，而是我訓練過的數千名學員，也都這麼突然被打開了。

　　回台灣後，我在 2012 年開始教授英語，發現大多數人都還沒有找到這個「開關」。

　　在我自創與教導數百堂英語課程後發現，其實這個開關多數人都能在短短的 20 個小時內就打開。於是我重新整合、去蕪存菁，保留課程裡最必要、最精華的部分製成十

堂課，稱之為「光速英語」。

「光速英語」的概念有點像學開車，是一種「反射訓練」！當英語的任督二脈被打開後，就可以利用廣大的網路資源輕鬆自學，做到真正的英語自由了！

當我開始宣導「20 小時就能用全英語溝通」時，有很多人心存疑惑。

「英語不是沒有捷徑嗎？」

「英語應該要靠長期累積吧？」

「我學了幾十年都不會說，憑什麼說 20 小時就會？」

其實大部分人面對英語，是充滿無力感的。在他們的印象中，學英語得「天長地久無絕期」：發音要熟練、單字量要夠、基礎要打好、文法要精通……層層的門檻，有如「不可能的任務」！但又不知道更好的學習方法，最後不是苦撐，就是直接陣亡。

有幾個不怕死的學員，決定來跟我賭一把！

有人是為了要跟不會說國語的小孫女溝通；也有人近期要出國主持全英語會議，必須「立刻」會講！所以才抱著「死馬當活馬醫」的心態來找我。反正用傳統的方式也學不會，換個方法也許還有機會翻身。如果無效，頂多就是回到原點，但至少給自己一個機會吧！

沒想到才上幾堂課，他們的「開關」就被打開了！短短 20 小時內，就可以跟小孫女一起玩英語桌遊，出國開會時，也能真槍實彈的回應國外客戶的 Q&A！

學員恢復了英語的自信，卻讓周遭的家人同事不敢置信：「怎麼一下子，你的英語就這麼溜？」

我有許多企業主或高階主管的學員，他們找我學習的主因，是為了出國談生意時，希望可以不透過翻譯直接談判。他們講求效率，希望能快速的解決問題，但在上過多堂英語課後卻始終不得其法，這才抱著一試的心態而來。

當然，跟我打開英語開關後，他們就可以如願和外國客戶用全英語對答，並掌握狀況來談判。

多年來，已經有數千名各行各業的菁英來做「術科訓練」，也都順利的找到屬於自己的「英語開關」。

上完課後，他們在日常生活中持續而快樂的自修，這些成功的案例給了我莫大的鼓舞，讓我對「光速英語」更有自信。

原來大家所期盼的「英語自由」，不是遠在天邊的夢境，而是只有「20 小時」的一步之遙。

我接下來的人生使命很簡單，就是讓英語不再是你的

一道牆，而是一座橋。只要對症下藥，你就可以打開英語
的開關，進行全英語溝通，達到英語的自由！期許你能早
日帶著你的專業與熱情，踏上世界舞台，盡情發光發熱。

　　　　　　　　　　——光速英語創辦人 Jean 老師

目　　錄

PART1
戰勝英語的「三大心魔」

Ch1

努力沒結果，怎麼辦？

contents

PART2
七招讓你「英語自由」

contents

contents

Ch12
如何讓英語「無師自通」？

前言
光速英語的由來

如果我不是因為有機會到美國，我應該也不可能成為「英語老師」。

在台灣的求學時代，我的課業一直都表現平平，英語能力也僅止於比手畫腳加單字，連完整的句子都說不出來。

畢業於高雄的海青工商之後，由於有親戚住在美國，家人便問我要不要先去讀語言學校，再申請美國的馬里蘭州立大學。我傻傻的答應了，也進了語言學校，就讀一年後雖然順利通過托福考試，卻在申請大學的過程中，發生了一件小插曲。

申請學校時，我需要語言學校講師的推薦信。一般來說，推薦信應該是寫學生的好處和優點，但這位講師卻恰恰相反。他為我寫的推薦信內容是：「雖然這位學生的托福分數達標，但她的英語溝通能力其實很差，在學校也不太能表達。請你們千萬不要接受她的申請，因為她一定無法跟上貴大學的課業⋯⋯」

看完這封推薦信，我反而在心裡偷笑：「幸好我看得懂！」然後便立刻把這封信撕了，用了其他老師的推薦

信，順利的進入美國大學。

然而，真正的挑戰也是這時才開始。

在大學裡，我完全「聽不懂」教授在教什麼，也不知道該怎麼「問」。原文教科書當然也是讀不懂，更別說要去了解其中的理論了！

我這才發現，那位講師其實是佛心來著！就讀過程中，我其實有好幾次想放棄了，但我死不認輸的精神，又強迫自己繼續苦撐。

在所有學科中，只有一科是例外，那就是在高職學過的「經濟學」。

這個科目我已經有了清楚的概念，所以遇到教授的英語授課時，我不但聽得懂，連原文書都能先畫好重點，等教授慢慢說明。

我這才發現，原來如果事先了解內容，在「聽」的時候，就會比較容易懂了！這跟台灣的練習方式恰恰相反。

教學階段一：在美國當家教

　　就在我歡慶大學得到的第一個 A 時，我也計畫著想要多一些零用錢，於是便開始在校園尋找打工的機會。這對我而言又是另一個挑戰，因為我連一句英語都講得零零落落，托福檢定考得再高又如何？有哪個部門願意雇用我呢？

　　當我失魂落魄地走在校園中，忽然看到走廊的紅磚牆上，貼了一張寫著：「ECONOMIC TUTOR WANTED!!!」的 A4 紙，這張紙也從此改變我一生的命運。這張紙的意思是有大學生要徵經濟學家教，但條件是經濟學成績要拿 A。我當時真是覺得踏破鐵鞋無覓處！滿心興奮地跑到家教中心去應徵。

　　我鼓起勇氣，拿著那張徵人啟事，開始了人生第一場英語面試：「me-me-me, this-this-this, good-good-good!」櫃檯的職員當然是一陣錯愕。但幸運的是，美國文化習慣以鼓勵取代否定，所以她並沒有直接拒絕我，而是對我說：「這樣好了，我們幫妳安排試教，如果學生想要繼續上妳的課，妳就有 case!」

　　於是我全心備課，拚命想把握這唯一的機會。然後到了試教當天，果然來了一位金髮碧眼的美國學生。在 60

分鐘的試教裡，我用簡單的單字兼畫圖來解釋經濟學的概念，課後他也沒有跟我多說什麼，就直接登記要來上課，還問我：「一週可不可以上三堂？」

我嚇了一跳，一問原因，他才說：「從來沒有人可以把經濟學講得這麼簡單。」原來單字量不夠，在外國也可以是一個優勢，因為他們喜歡聽重點，不喜歡聽廢話～哈！

從此，我開啟了在美國當家教的日子，幾乎沒有空閒的時段。在大學四年間，我就累積了超過四千小時的家教經驗。

奇妙的是，在開始家教的一兩週之內，我就突破了英語的瓶頸，從不太會講→敢講→到很會講了！這快速的轉折讓我了解，原來口說要這樣練，才能快速進步！這在我後來回台設計英語課程時發揮了很大的參考作用。

由於英語開竅了，大二起我的成績也開始突飛猛進。理論上我這個高職生，應該是怎麼樣也不可能在成績上幹掉美國的大學生吧？但其實接下來直到畢業，我都是各科全 A 的「高材生」，還要兼家教呢！誰說「基礎沒打好」，就註定永遠失敗呢？

我當時主修電腦科學，系內有很多亞洲人平常就專注於寫程式，即使到了大四，仍舊無法流利地說英語，在

找工作面試時支支吾吾。空有專業，卻無法施展長才，更無法順利找到工作。我卻因為家教，早就長期跟美國人打成一片，面試過程相對順利許多！後來輾轉進入美國馬里蘭州，巴爾的摩市的健康局（Baltimore City Health Department），在一個美國同事環繞的職場裡，擔任長達十年的公務人員。

回顧這十幾年旅居美國的生活經驗，我領悟到：單字量不夠又如何？基礎沒打好又怎樣？沒有人能定義你是誰，只有自己知道自己是誰！

教學階段二：成立兒童英語教學

在美國當了十年的公務人員後，我也五子登科了，不禁思考：「難道下輩子都要待在這裡，老死在異鄉嗎？」心裡不禁浮上一股衝動。

我的家人其實都在台灣，我想結束遊子生涯，回歸老家的懷抱。

當時的我已經步入了心靈的探索，與「宇宙」建立了親密的互信關係。我可以全然的信任「宇宙」，並與祂同行。我覺得自己準備好了，要開啟另外一個人生階段。

於是，我做了一個現在看起來也是很瘋狂的決定，就是徹底的「歸零」。

我辭去了公務人員的職務，並且把居住美國多年的退休金、房子、車子、家具也一併脫手送人。回台灣時，我身上只帶著六卡皮箱？和兩名幼子（一個三歲、一個五歲），以及銀行裡的五十塊美金。

家人不擔心嗎？當然很擔心！在美國當公務員過得好好的，怎麼說放棄就放棄?!都年過三十了，要重新再來，談何容易？

但家人嘴巴唸歸唸，另一方面卻又覺得回來也好，建議我：「妳會講英語，又會一點電腦，趕快再找工作吧！」但我當初就是想換跑道才回來台灣的啊！如果又要回到同一個跑道，幹嘛大費周章的「歸零」呢？

想到自己長年在海外單打獨鬥，讀書打工，成家立業，奮鬥了十五年，難得能喘口氣，我決定先休息一年再說。

每天送孩子們上幼兒園後，我就去圖書館，下午去高雄愛河邊看夕陽，重回故鄉的懷抱。在卸下所有的頭銜後，我讓心靈好好的沉澱，真實的探索內心，更深入的認識更真實的自己，投入宇宙的懷抱。

雖然沒有任何的身分與地位，也沒有太多的金錢跟資

源，心靈卻是豐盛滿足。如果貧窮時，還能富有，就是真正的富有；如果陷入低谷時還能喜悅，那才是真正的喜悅。當找到內心的泉源，就不會再患得患失，也不怕任何人來奪走了。

回想起那段難得優閒的時光，真是我人生中最愜意、最有收穫的日子了。

本來打算休息一年，但是七個月後，我便已覺得自己可以重新開始了。回首工作最快樂的時光，就是大學四年的家教日子。我的拿手絕活，就是能把生硬複雜的理論轉變得簡單實用，讓學生很快能進入狀況。

每每遇到他們「頓悟」的時刻，他們的喜悅，我也感同身受。

原來教學，才是我的天命！可是我能教什麼呢？看來就是英語了！當時我也不敢貿然亂教，便借了三萬元，重金請教一位英語老師。她給了我十小時的時間，我只問了一個問題：「請問在台灣，要怎麼教英語？」

她給我的結論是：「在台灣教英語，必須去買兩本書：一本是發音書，一本是文法書。只要熟讀內容，再用來教人就行。」

我不禁遲疑。我在美國這麼久，從來沒有看過發音和文法書，那為什麼要叫大家讀這兩本書呢？大部分人不都

是想跟我們一樣用全英語溝通嗎？我們應該要來研究是「什麼」讓我們能講英語的，然後用「這個」來教，他們才能跟我們一樣，不是嗎？

　　對我這古靈精怪的想法，這位老師其實也很有共鳴，但也無奈道：「可是在台灣的教學，學英語就得先弄懂這兩本書。Jean，妳要不要來我們補習班，當這裡的英語老師呢？」

　　我才知道，原來在台灣，很多英語老師是屬於弱勢的一群，只能按照進度、照表操課，沒有太多自由的創意空間。但若要出來獨立招生，茫茫人海，補習班招牌到處林立，又有誰會看到我們這些無名小卒呢？

　　我婉拒了進補習班教學的機會，但她仍熱心的介紹我：「來做英語家教吧！」

　　我想說好久沒有碰英文課本，現在都是雲端時代了，英語教材應該不知道進步到哪裡去了！沒想到，一打開教科書，就跟我當年讀的教材差不多：單字、片語、文法，這些可能從「清朝」到現在，就沒什麼改變吧！

　　但我畢竟有家教經驗，又長期待在美國，家教的工作很快就上手了。

　　學生中，有一位高二生令我印象最深刻。他其他科目的成績都很好，偏偏就是英語不及格。但在我用「三寸

不爛之舌」講解下，再怎麼枯燥的教材也立即變得一目了然，變得非常的有趣簡單，我們不時忘情的大笑。也啟動了他對英語的興趣，成績也開始一路攀升。本來月考只有二、三十分的他，很快就進步到七、八十分。

我們當然都很開心，可是某位主管卻不開心，質疑我們的嘻皮笑臉，還有對其他同學的干擾，覺得「當英語老師應該要有威嚴才對！」

然後我就被撤換了。

漸漸的，那位學生臉上失去了笑容。有次偶遇，我打招呼說：「聽說你最近的英文都考九十幾分，老師以你為榮！」沒想到他卻冷冷地回我：「沒錯，我的英文現在都可以考九十幾分，但是我告訴你，我從此，痛－恨－英－文！」

這四個字如雷貫耳，成了壓倒我最後的一根稻草！也許他能在我這裡快樂一時，但回到傳統的英語體系中，又被打回地獄去了。

如果讓孩子考高分的代價是剝奪他對學習的樂趣，導致他終生「痛恨英文」，我能接受自己是這樣的老師嗎？

但現實生活是，我有兩個孩子要養，好不容易有個比較穩定的收入，我該怎麼辦？三思後，我還是決定放手一搏，離開這個體制。我知道宇宙一定會幫我找到方法，讓

大家真正學會，並且終生愛上英語！

　　當時我手上的家教只有三個小小孩，家長們也讓我盡情發揮創意，盡量的用最貼近美國生活的方式來教學。我便著手準備教案，從這三個孩子開始教「實境兒童英語」。

　　每次上課，孩子可能看到桌子上擺了一堆食材和工具，才知道「喔～原來今天老師要教我們烤蛋糕」「喔～今天要學包水餃」。

　　在製作的過程中，孩子們一邊做，一邊用英語說明自己的步驟，認識食材與炊具，還可以馬上「享用」自己的作品。

　　有吃有玩，無形中英文就內化到腦袋裡了。他們可以很自然的脫口，說出流利又自信的英文。最後教他們認字時，就有如囊中取物，很快就認得全部的單字了！

　　學生和家長們口耳相傳，加上臉書社群的傳播力，沒多久，我的兒童美語，就在高雄小有名氣啦！

教學階段三：跨入成人英語教學

　　大家看小朋友學的這麼開心，便有人問我：「你有教成人嗎？」我傻傻的就說「有」。

後來，我也不去外面買教材了，而是回想我在美國學英語的方法，針對生活中常遇到的情境，著手設計成人的課程。

　　例如上課時，我請學員打電話到美國飯店訂房，然後再請大家在結束前，打電話去美國取消；或者用英語教導如何醃製韓國泡菜，上完課還可以拿一罐泡菜回家。

　　學員每次都覺得課程非常的「不可測」，但可以「現學現用」的英語，總是很快能讓他們進入狀況。大家也許曾經在英語裡迷失，但又重新在英語裡找回自己了！

　　英語對我來說，就是個多彩多姿的世界！我也很開心可以跟大家分享這份喜悅！語言本來就是生活的延伸，如果硬要把文字切割出來，這些白紙黑字的東西當然會顯得死氣沉沉，不具生命力。

　　我看著學員們漸漸從英語的地獄進入天堂，也很快的，他們就能用英語跟我自由交談；就算是遇到外國人，也不再慌張，可以自在地溝通了。

　　我在這個教學過程裡，也有一個重大的發現！原來很多人無論程度如何，大約上十堂課後，他們就能用簡單的英語溝通了！就像我當年硬著頭皮在美國當經濟學家教一樣。

　　換句話說，只要十堂課，大部分人的英語開關，就能

被打開！

　　學員們英語的翅膀已然成形，英語程度亦已非池中物，不需要再舟車勞頓的找我上課了。

　　所以我下了一個決定，我召集所有學員，統一宣布這將會是最後一堂課。我誠懇的表示，你們的英語能力已經成熟，可以利用網路的資源自學了！大家依依不捨：「Jean老師，謝謝妳讓我們英語自由了！妳一定會翻轉台灣，讓更多的人英語自由！」

　　雖然又再度歸零，卻是收穫滿滿，並體會到「人生要傾聽自己內心的聲音，勇於歸零！」於是我又踏上另一條嶄新的英語教學路，成為「Jean老師光速英語」的創辦人，願更多人能順利的脫離英語地獄，躍升至天堂。你們的專業與善良，必定能在世界的舞台上閃閃發光。

PART 1

戰勝英語的
「三大心魔」

努力沒結果，怎麼辦？

第一層地獄：「雜草叢生」

　　君兒某日睡著了，在夢裡矇矓中看到了一位金髮碧眼、穿著白袍的大帥哥。

　　帥哥說：「我是來自英語天堂的使者，很多人被困在英語的十二層地獄，我將帶妳一遊。請確實記錄下來，告知世人如何開悟解脫，離開這些地獄，進入英語的天堂。」

　　兩人縱身一躍，來到了一處農田。田裡雜草叢生，長滿了野草荊棘，但農夫們卻不停的播種、灌溉、施肥，忙得不可開交，為了植出英語的果實而揮汗努力。

　　君兒問農夫：「有看到這些雜草嗎？它們把田裡的養分消耗掉了！播種不除草，能種出果實嗎？」

　　農夫無奈：「呃，沒那麼容易！因為我們年輕不懂事，沒有好好努力栽種，所以現在才要比別人更加的努力。只要繼續堅持，最後一定會成功。」農夫說完揮揮汗，又回去對著雜草施肥了。

君兒轉身問英語使者：「同樣的方法，既然沒結果，為什麼不願意多想其他的辦法呢？」

　　英語使者回：「這些雜草就是這些人心中對英語的『迷思』。他們不知道怎麼拔除，只好靠不停努力來彌補了。」

　　君兒嘆：「這讓我想起『南轅北轍』這句成語，關於一個有錢的員外想去某個南國，即使準備好了豐厚的盤纏，雇用了最好的車馬，卻是往北出發。員外說：『我錢多馬快，本領高超，走再遠也不怕！』」

　　英語使者：「沒錯，努力也要對症下藥，不然還是白忙一場。想要種植出美好的果實，必先拔除英語心田的『雜草』，最終才會開花結果。」

學英語的最大阻礙

你是否覺得英語怎麼都學不好，發音不標準、單字記不住、文法搞不清，再怎麼努力也沒用？也許你因為環境所逼，工作所迫，每次都抱著希望想要重新來過，卻又在面對密密麻麻的英語課本時，很快地感到絕望了。

「**我基礎沒打好，一定跟不上。**」「**我單字量不夠，記憶力不好。**」「**沒英語環境，學也沒有用。**」這些障礙有如一堵堵高牆擋在面前，讓我們對英語充滿了無力感。

很多人乾脆就放棄了！但也有人仍不願放棄心中的理想，只好咬牙苦撐。

讓我來為你拔除這些「迷思」，你才能獲得英語自由。

什麼是英語自由？看看你的母語，你有能力運用中文來溝通，並具備自學能力，可以輕易的用中文來增廣見聞，你的中文就是處於「自由」的狀態。

以我訓練過數千位學員的經驗，可以有信心地說：你跟「英語自由」的距離其實不遠，只差了 20 個小時。

本書會先在第一篇裡，引導你克服英語的三大心魔，到第二篇時，再運用內化英語的七招，讓你的英語能夠全面自由！

♣ 測測你的「英語心魔指數」

耕田要先除草。我們先來看看你的心田裡有多少「英語心魔」吧！

1. 英語基礎沒打好，再補救也有限。
   □是的，基礎沒打好就不可能跟上進度，再怎麼學也矮人一截。
   □未必，小孩子出生時也沒有語言的基礎，遇到才學也不可恥。

2. 英語單字量不夠，再背也不夠多。
   □是的，單字量不夠就無法運用，當然寸步難行。
   □不是，我們小時候也沒有累積多少中文單字量，現在也是博學多聞朋友多。

3. 沒有英語的環境，就不可能會説。
   □是的，沒英語環境，就沒人用英語互動，出國留學英語才能學好！
   □未必，有人在台灣，沒出國留學找工作，説英語照樣順口溜！

如果你以上三題全答「是的」，那你的英語正在被眾多的「雜草」消耗中！
我們首要的任務，就是要先拔除這些雜草，讓你的心田能正常發展。

這也是本書第一篇的重點。我們將帶領大家去破除英語的三大心魔！

學員真心話

　　我是一位在科技業上班的鄉民，剛畢業時英文非常爛，所以工作了半年後，我便開始在週末學英文。花了 5 年，我的英文讀寫過關了；又花了另一個 5 年，讓英文聽說可以跟外國人基本溝通的程度（這樣一來也過了 10 年了⋯⋯）。

　　後來，我偶然看到老師的課程廣告，覺得只要 20 個小時就能用全英文溝通也太誇張了吧？但實際體驗後，真心覺得我的聽說要到達目前的程度，真的不需要 5 年！真是相見恨晚！

　　老師的課程沒有文法、沒有單字，很單純的以最有效率的方式實際運用學過的英文。你背了很多英文，卻不知道怎麼用？找 Jean 老師就對了～

　　　　　　　　　　　　　　　　　　——郭先生（40 歲，資訊業）

基礎沒打好，怎麼辦？

第二層地獄：「畫地自限」

君兒與使者來到第二層地獄，只見空曠的廣場上，畫著不同大小的圈圈，每個人都或坐或站的待在裡面，垂頭喪氣。

這些空間看起來明明很不舒服，卻沒有人敢跨出圈圈半步。

君兒問圈圈裡的人：「這是什麼圈圈這麼神通廣大？讓你們願意待在這裡？」

圈圈裡的人回覆：「這是『基礎沒打好』的刑罰，專門來關小時候不懂事，英語沒有念好的人！因為基礎沒打好，現在怎麼學也跟不上了！英語的天堂，容不下程度這麼差的人，所以我們只能待在這裡懺悔了。」

君兒轉頭問使者：「英語天堂只收英語程度好的人嗎？基礎沒打好，真的就永世不得翻身嗎？」

使者道：「那是天大的誤會！英語天堂的大門永遠是敞開的！但是我們無法改變個人的自由意志。如果有人決定自己不

夠格進天堂，我們也沒有辦法強迫他。所謂『放下屠刀，立地成佛』，這把屠刀就是『自責』。放不放這把刀，是掌握在個人的手上。如果一個人能放下自責，重新開始，就能離開這圈圈，進入英語的天堂了！」

　　君兒問：「這麼簡單？那為什麼這麼多人寧願待在這裡？」

　　使者嘆道：「很多人都誤以為只有英語完美的人，才能進入英語的天堂。大家都忘記了，天堂裡最多的，其實是『小孩子』。小孩子的英語正在發展，尚未成熟，為什麼他們能在天堂裡？因為他們不會自責，只是活在當下，快樂的體驗每一天，讓英語自然的成長。如果人人期待自己的英語一開始就是成熟的狀態，就會永遠困在『基礎沒打好』的地獄裡了。」

什麼是「英語基礎」？

你也許會覺得學英語就像蓋房子，如果地基沒打好，以後再怎麼學也跟不上了。

我們會有「學英語需要基礎」的觀念，是因為在考試的制度裡，課程環環相扣，稍有疏忽就會銜接不上。讓人覺得學英文好像是「建築業」，需要打好地基，才能往上堆疊。

雖然我們無法改變過去，也無法彌補「基礎沒打好」這個遺憾，但是為什麼很多外國人來台灣，不到半年中文就很流利了？這些人之前也沒有打好「中文基礎」啊！他們是怎麼辦到的呢？如果能夠找出那個語言的學習開關，我們的英語是否也能快速變流利呢？

讓我們先來看看什麼是「有打好基礎」吧！你想像中英語基礎好的人，是那種學生時代單字都背得很好，考試永遠 100 分，出社會後英語仍然暢行無阻，還隨著年齡增加，程度也步步高升的人吧？

但現實的情況，有誰的英語永遠是 100 分呢？以這個標準來衡量，所有人都是「英語基礎沒打好」吧！

真正的版本是，沒有人的英語是永遠 100 分。大多數人今天學，明天就忘了。等到出社會後，連基本的單字都

忘光光啦！英語程度只會隨著年齡每況愈下。

我們總以為要跟外國人溝通，要把「全套」的英語學好學滿，才算有足夠的「基礎」，連一點瑕疵都不容許，任何文法或句子結構的錯誤都是「扣分」。

但也由於這樣一而再、再而三的被打擊，覺得怎麼學都無法十全十美，只好自責自己的英語「基礎沒打好」，再努力也沒用了！

這是因為在台灣，學英語主要是用來應付考試，所以從國中、高中，甚至到大學的英語課，永遠都只是面對密密麻麻的文字在打轉！

但與外國人的溝通，是在「書本外」的立體世界啊！面對不可測的未來，怎麼可能事先「地毯式」的去背呢？就算背得起來，卻根本派不上用場，只能再認命地死背，陷入永無止盡的循環了。

破除英語的「限制性信念」

其實多數成年人的成長時代，既沒有電腦，也沒有使用手機的「基礎」，那我們怎麼會使用智慧型手機，甚至操作 LINE 與 Facebook 呢？

答案是：「有需要用到，所以就去學。」

沒錯，重點就是「遇到就學」與「學以致用」的精神！所以學習其實只有「起點」，不存在所謂的「基礎」。

在使用英語時，如果不斷地想：「我的基礎沒有打好。」只會加重我們的無力感。

要如何找回力量面對問題，進而克服難關呢？**首先就是要先破除「限制性信念」！**

如同前面提到的 3C 產品一樣，小時候沒有相關的學習基礎，也能學會使用。學英語也是如此，不需要基礎，只要先有「起點」，就能「進步」。

當我們在牙牙學語時，誰會來責怪我們的中文「基礎沒打好」呢？我們都是從那樣的「臭奶呆階段」漸漸「轉大人」，最後就能流利說中文了啊！

可是在學英語時，不斷把焦點放在自己的「基礎沒打好」，導致我們連面對英語的勇氣都沒有了。

要突破這些限制性信念，首先要了解，**學習英語不需要任何基礎，你隨時都可以重新開始。**

打個比方，許多白手起家的富人，小時候也沒有「財力基礎」，但也一樣可以翻身賺大錢！我們的英語只要改變學習速度，也能也快速翻身，成為英語大富翁！

　　我有一個菲籍媳婦，因此希望可以用英語與她和小孫女溝通。但英文離我已經很遙遠了，雖然很認真的在補習班學了幾年，但看到媳婦時還是沒有把握，也總是有口難開。

　　當時真正讓我下決心的，是 Jean 老師用洗米學英文的 Youtube 影片。我想，如果能藉由生活來學英文，那就好跟家人溝通了啊！

　　藉由唱歌、動作來學習英文之後，我體悟到英文沒有想像中的困難，跟媳婦開始能夠進行簡單的溝通，也開始跟小孫女用英文對話、玩遊戲、甚至談心。

　　現在小孫女上小一了，我也熱中於輔導她的英文，彼此教學相長。能有這段跟孫女成長的過程，真的讓我非常珍惜！

——林小姐（61 歲，退休人士）

　　我的女婿是加拿大人，去在拜訪他們時，發現自己無法跟女婿與孫子溝通，覺得很困擾。

　　在加拿大時，我偶然在網路上看到老師的教學，心中燃起了一道曙光，也詢問老師：「我 60 多歲了，還可以學會英文嗎？」老師立刻告訴我沒有問題！那自信的模樣讓我決定，我應該要給自己一次機會！

　　後來，我有機會在教會表演，就自唱自演了《美女與野獸》的〈Belle〉。我像幼幼班的小孩一樣，也許表演不完美，卻獲得了全場的掌聲。

　　現在，我看 HBO 或《六人行》來自學英文，我永遠記得老師分享的一句話：「失敗的人找藉口，成功的人找方法，心態決定姿態。」期許大家都能勇於追夢，讓美夢成真！

——王潘小姐（64 歲，退休人士）

單字量不夠，怎麼辦？

第三層地獄：「以假亂真」

君兒與使者來到了一個「組裝工廠」，這裡生產的是要來組裝「英語能力」的大樹。只要組裝好這棵樹，帶回家好好的澆水施肥，這地獄裡的人相信，這大樹就會繼續長大，直通英語的天堂。

奇怪的是，那大樹不是由種子生長而來，而是將採收來的各個大樹部位組合起來。

組裝工廠有三個大部門，有來自各國腔調的「樹根」部門；掛著各式文法的「樹枝」部門；以及展示著各式各樣單字的「樹葉」部門。

在地獄裡，想要擁有「英語能力」的人就會來這個工廠DIY，試著組裝自己的英語大樹。

先看要哪一國腔調的「樹根」，再收集好五大「枝型」，和採集大把大把的「單字葉」。

再來就是要運用各式方法組裝：拿出大量的膠帶，接合樹

根與枝幹，再把葉子密集的黏在莖上。過程挺費時的，但是大家都很認真，所謂慢工出細活嘛！

終於，大功告成，可以歡歡喜喜的把「英語能力」這棵大樹帶回家了，附著工廠認證的品質保證書！奇怪的是，回家無論怎麼澆水施肥，這「英語能力」很快就枯萎了。

地獄裡的人不但沒有質疑這個工廠，還自責自己能力不足，很快的又乖乖回去工廠，認命的組裝下一棵更大的樹了。

君兒問地獄裡的人：「樹不能用組裝的吧？」

他回道：「這是具備『英語能力』最直接的方式啊！只要願意努力，就能組裝出『英語能力』了！」

君兒問：「可是它很快就會枯萎了啊？」

他回道：「那是我的努力不足。所謂『皇天不負苦心人』，只要繼續練習，最後我一定能組裝出『英語能力』，直通英語的天堂。」

單字忘光光，怎麼辦？

你是否覺得沒有單字量，就不可能會講英語了？或者學英語就是像是組裝一台翻譯機，只要載入單字量，套上文法句型，就能妙語如珠？

人腦不是電腦，今天背兩個單字（+2），明天卻又忘了兩個了（-2），感覺單字量總是一再的「歸零」，再怎麼背也徒勞無功。

一般人學「英語」，通常是「地毯式」的，比如說一口氣背出十二月份，或一週七天的單字，才算背得齊。但是我到了美國卻發現，記單字完全不是這麼回事。

我剛去美國時，遇到英語的月份或星期，總要再「掐指一算」，但還是常常搞錯。但我發揮「放牛班本色」，運用鬼點子搞創意，如果需要說「11 月」，就說：「Eleven month.」。外國人往往會先愣一下，然後開懷大笑，大家立刻破冰，原來創意可以為大家製造歡樂啊！

既然破冰了，他們也會熱心的教我：「You mean 諾免薄？」我聽到的只是那個「諾免薄」的聲音，我也立刻「學以致用」：「Yes, yes. I mean 諾免薄 . Of course!」然後也不去管怎麼拼，就繼續過我的日子了。

沒想到這個「懶人學習法」竟誤打誤撞，進入學語言

的最佳模式。後來再有機會瞄到月曆裡的「November」時，我才恍然大悟，原來那就是「諾免薄」啊！

先聽懂「聲音」，再來跟文字「對號入座」，學英語簡直跟吃蛋糕一樣輕鬆。

其實不懂很多單字也無妨，想要全英語溝通，你只要知道一個單字就夠了，就可以走遍天下。

那個神奇的字就是「What」！

沒錯，就是小朋友最常問的一句話。遇到不會的單字，反而是學習的機會，這才是「學以致用」的真諦。

讓單字量起飛

回想小時候學語言的模式，以台語來說，我們怎麼學各種水果的名稱？是小時候爸媽給我們「單字卡」嗎？

大家看到這裡可能會直接笑出來，因為我們還不知道台語有「背單字」這回事呢！

你學台語的方法應該跟我差不多，就是今天吃「彭果」，就學「彭果」；明天吃香蕉，後天吃芭樂、鳳梨、芒果等，你也就學會了ㄍㄧㄣ糾、巴辣、蓊來、ㄙㄨㄞ丶ㄚ。

我們是用「五感」，也就是味覺、觸覺、嗅覺、視覺，

及聽覺來感受蘋果的。

用五感來記單字，是否感覺輕輕鬆鬆就記住各種說法，不容易忘記了？

如果要讓單字量起飛，首先就要換個方法記單字。

關鍵就在於運用「五感」來體驗，而不是靠「文字」來背誦。如果能運用「五感」來吸收英語，學習的過程不但豐富多元，單字量也會跟著水漲船高了！

學員真心話

我當時英文的瓶頸為「不敢開口表達」和「聽力較弱」，多年來還是一直遵循著死記硬背單字和文法的方式來面對英文，但是自身感覺成效都未有明顯成長，也找不到更好的方法。

之後藉由父母親的介紹，了解到要利用圖像思考法，抓住一段英文中的關鍵字，然後在腦海中想像畫面。這樣不僅能快速了解語境，在單字記憶上也很有幫助。

另外在課程中，老師也鼓勵學員全程都用英語表達，不但能製造英文的環境，也能訓練自己的膽識，也不用過於在意自己說得到底正不正確。我覺得，自己終於能開口講英文，就是成功的一大步。

——鐘先生（20歲，大學生）

沒英語環境，怎麼辦？

第四層地獄：「食不知味」

君兒與使者來到英語地獄的「水果教學」園區，裡面的果子鮮豔肥美，令人垂涎欲滴。奇怪的是，果園入口處貼著大大的標語：「小孩吃水果，大人背單字。」

原來英語的水果名稱，小孩子可以邊吃邊學。但是大人只能用背的，不能吃。

君兒問：「誰立這個奇怪的規定？」

地獄長者回答：「因為母語有母語的學法，外語有外語的學法，二者不可混為一談。」

君兒不服氣，大咬了一口芒果，果然風味鮮美，香味四溢：「我們成年人，也可以用母語的方法學英語啊！」大家聞到香味，不禁口水直流，想說老是背單字，真是索然無味，換成用吃的來學，好像也不錯。

地獄長者卻喝斥道：「不行！只有小孩子才能用吃的方法！你們都有年紀了，就要守規矩，要用背的，這樣才是『正統』

學外語的方法！學習沒有捷徑，不要想抄小路。要吃得苦中苦，方為人上人。吃苦才是吃補！」聽到地獄長者的警告，大家又猶豫了起來。

　　君兒轉頭問使者：「大人可以用母語的模式，來學習外語嗎？」

　　使者道：「當然可以。學語言是你們天生的本能，長大了也還在。但是不知道為什麼，有人提倡長大後，就不能用小孩子的方式學語言了。所以就想出了其他古怪的方式學外語，不但吃力不討好，更是食之無味。相信這個理論的人，就會被困在這地獄裡，繼續餓肚子了。」

　　君兒高舉芒果，大聲疾呼：「誰願意試吃這芒果？只要嚐過一口，就會想起小時候學語言的模式，用學母語的方法來學英語，離開這個地獄！」

　　大家看著君兒，有人接過芒果；有人則回去乖乖背單字了。

有環境就能學好英語嗎？

很多人認為因為小時候有中文環境，所以我們能學會中文，但因為沒有英語環境，所以不可能學會英語了。

為了學好英語，有些人只好花大錢出國留學，或著抱著破斧沉舟的心情，直接移民國外！

但是，花大錢出國，就一定能學好英語嗎？

我自己是長居美國 15 年的華僑，深知華人在美國學英語的真相。

如果是學生時代就出國的，因為校園內有比較頻繁的互動，英語比較能學得起來；但如果是出了社會才出國的，就會礙於跟當地人的交集較少（或者偶有交集也只能支吾以對），造成即使身在英語環境，卻學不會的窘境。

我有很多學員是海外飛回來訓練的，其中不乏英語系國家：美國、加拿大、澳洲、菲律賓等。

台灣的學員會問：「他們不是已經身處在英語環境了嗎？」但事實上，這些海外學員會告訴你，在外國最後只有一種人會理你，就是「中國人」。

現況是，我們大多數人就算進入英語的環境，不會英語，還是難以跟當地人有所交流。

除非你願意跳出框架思考，**才能發現學習的重點不是**

「環境」，而是小時候學語言的「模式」。找回那個模式，打開網路上的美國影集，你就能直接自學英語了！

　　為什麼即使到了國外，處在全英語的環境，我們還是學不會？

　　這是因為我們仍延用「舊」的方法學習啊！

　　也不知道是誰規定的，說學英語不能用「母語」的方法，而要用「外語」的方式。結果造成了整個亞洲英語癱瘓了幾百年，程度遠遠落後很多國家。

　　讓我們先來搞清楚吧！到底「外語」跟「母語」學習法的具體差別在哪裡？又要如何應用「母語」的方式來學外語呢？

外語的學習步驟

　　外語的學習步驟，普遍採用「文字系統」，也就是傳統的英語教學。它的學習順序，是「寫→讀→說→聽」。

　　第一步「寫」：先學字母、背單字，累積能寫下來的單字量。

　　第二步「讀」：從能寫的單字裡，累積能用拼音讀出

來的單字量。

　　第三步「說」：從能讀的單字裡，累積能說出來的單字量。但真的遇到外國人時，能背出來的單字其實少之又少。

　　第四步「聽」：從能說的單字裡，累積能聽懂的單字量。但外國人說話的速度飛快，來得及聽寫出的單字又有多少呢？

　　使用「文字系統」學英語，前提是會「寫」的單字量要多，才能延伸到「讀說聽」。這也解釋了為何會認為學英語需要「大量單字」的原因。

　　第一步「寫」就有問題，因為人腦對於文字組合記憶力有限，單字量難以擴大；第二步「讀」也有門檻，因為拼音系統很複雜，發音規則的例外又多，難以上手；第三

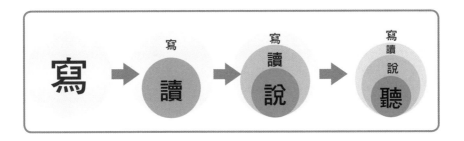

步「說」會有阻礙，是因為現實對話無法照本宣科，無字可讀就難以開口；第四步「聽」更有關卡，因為要聽寫英語，寫字卻跟不上對方說話的速度，所以難以聽懂。

這套系統的優點，就是可以在短期間用一張紙、一枝筆大量的「測」出個人的單字量。如果能精通「文字系統」，就能獲得很高的英語分數，擁有各式的英語證書，卻也有著難以活用的致命缺點。

母語的學習步驟

母語的學習步驟，則使用「影音系統」，就是小時候學母語的模式。它的學習順序，是「聽→說→讀→寫」。

第一步「聽」：運用五感體察生活，收集影音，累積能聽懂的話。

第二步「說」：從能聽懂的話裡，模仿出聲，累積能說出的話。

第三步「讀」：從能說出的話裡，學習認字，累積能讀的字量。

第四步「寫」：從能讀懂的字裡，模仿練字，累積能寫的字量。

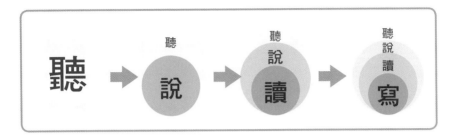

　　使用「影音系統」學語言不需要「單字量」，只要先會「聽」，就能輕鬆的延伸到「說讀寫」。這解釋了為什麼小時候沒有單字量，仍能輕易學會中文的原因。它的優點就是可以快速擴張，輕鬆活用。

　　第一步「聽」就很自然，從吃喝拉撒睡開始，不斷的傾聽與觀察，自然就能聽懂；第二步「說」也很輕鬆，只要想到畫面，就模仿聽到的聲音，就能表達自己的想法；第三步「讀」也算容易，只是對照平常說的話來認字，會說的話多，認字速度也就快；第四步「寫」是像畫畫一樣模仿會認的字，就能寫出來。

　　這個系統的缺點，就是無法用文字的方式，衡量出各人的「影音庫」有多大。因為每個人體驗過的人事物範圍不同，無從比較。

　　但好處就是，若能妥善運用「影音系統」，只要繼續增廣見聞，就能輕鬆自學，讓英語能力無限擴大。

用母語的方式學英語

　　但我們英語的「文字系統」已然根深柢固，即使到了英語環境，也無法融入。

　　要如何用「母語」的方式，來學英語呢？答案很簡單，就是**先把現有的英語的「文字系統」，轉換成「影音系統」**。

　　一旦轉換成功，英語就會像海綿般的自行擴大，輕易的擴大英語的「聽說讀寫」了！

　　轉化成功後，我們就會像一個會講英語的小孩，英語能力也就能脫胎換骨，破繭而出，只要在家裡利用網路的廣大資源，就可以輕鬆的收看英語影集自學了。

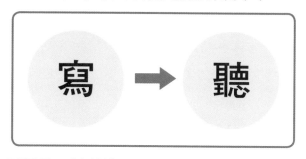

　　它不只是一個理論，而是我這些年來，數千名學員一再驗證的事實。我衷心期盼，你也可以早日脫離「文字系統」，進入「影音系統」這個英語的天堂！

那麼，實際上我們要如何轉化呢？在接下來 PART 2「七招讓你的英語自由」中，就正式進入「內化英語」的重頭戲了！

學員真心話

　　我從國中便開始學習英語，到出社會後也自我進修，甚至也曾經在兒童美語補習班任教，但英文會話就僅限於課堂上的教學，而且還是要事先備課才有辦法流利地脫口而出。面對路上偶然有外國人詢問，我還是只能搖手傻笑，事後才來後悔剛剛應該怎樣講就好了。

　　老師是用最自然學習母語的方式，利用五感來全方面吸收和學習英文，方法很特別，成效也很好。沒有預習、複習、作業的無壓力學習，很適合我們這種在職媽媽！

　　後來，遇到外國鄰居我也可以隨性地聊天，或是幫忙翻譯社區公告，也曾經帶著鄰居的孩子去遊樂園遊玩，工作方面竟還能接到外國人下的訂單！

　　現在帶家人出國，我不用再依賴旅行社了！我有能力自由規畫行程，到了當地也能自由溝通！我要的不是多益考多高、背多少單字文法，而是一種想說就說的感覺！ Jean, thank you so much ！

——黃小姐（40 歲，團購主）

PART 2

七招讓你
「英語自由」

如何讓英語「學以致用」？

第五層地獄：「菁英表演」

　　使者帶著君兒一起來到地獄的「菁英表演會」。舞台已經準備好，觀眾從四面八方匯集而來，想見識這些了不起的英語菁英。

　　首先「發音對」菁英來表演絕活了！只見跑馬燈上，出現了一個又長又陌生的單字，菁英立刻發揮速算，唸出正確的發音！大家拍手叫好！

　　再來「背多分」菁英出場，無論跑馬燈出現什麼艱澀隱晦的中文，都能夠正確的翻譯出英語單字，儼然是個活字典！記憶力令人讚嘆。

　　最後「中翻英」菁英出場了，只見他洋洋灑灑的背出英語的「六法全書」，再長的中文句，菁英也能正確的運用文法句型，正確的演算出英語！台下的叫好聲絡繹不絕！

　　這時君兒突發奇想，將金髮碧眼的英語使者一把推到舞台上，立刻有觀眾驚呼：「有外國人！」

不過既然是「英語菁英」，一定可以跟外國人溝通的吧？

　　只見「發音對」的眼睛緊盯著跑馬燈，卻等不到字出現，沒有單字怎麼發音？「背多分」由於事先沒有演練過劇本，也一臉驚恐的看著使者。

　　最後「中翻英」來了，看到大家虎視眈眈，也不敢亂開口。因為只要一說錯，就會永遠失去「英語菁英」的頭銜了！

　　君兒問使者：「為什麼連『英語菁英』，都不敢跟外國人溝通？」

　　使者：「因為他們被訓練成『英語翻譯機』，只能運算卻無法應變。不能表達自己的人，又怎麼能與人溝通呢？」

　　君兒問群眾：「為什麼連菁英看到外國人都開不了口？」大家不禁茫然互望，難道他們英語還缺少了什麼嗎？

英語的術科訓練

在我訓練過的學員裡，很多人一路以來跌跌撞撞，自稱「基礎沒打好」；但也有另一些人，從小英語成績優異，是一路過關斬將的「菁英」！

在學校裡，他們對英語一向是胸有成竹；可等到出了校園，遇到外國人，才發現自己既聽不懂、也說不出口，英雄無用武之地。

一陣「霹哩啪啦」的英語有如當頭棒喝！我的英語不是很好嗎？該學的都學了，怎麼會聽不懂？

其實，問題就在於學校教的英語僅止於「知識性」，需要去了解英語的相關知識，例如：單字、文法、句型等，但那些英語的知識，僅會停留在「脖子以上」。

但語言是屬於「反射性」，像我們的國語一樣，它是一種「瞬間」反射出來的直覺，也就是「脖子以下」的範圍。

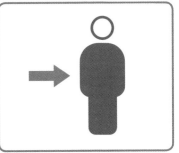

要讓英語像我們說母語般「對答如流」，就要打破局限，讓英語知識超越脖子的那條線，才能貫通全身，具備全身的反射能力！

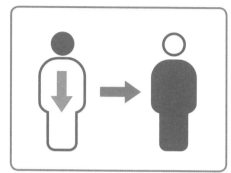

要如何打破英語的局限，讓它貫通到全身呢？這就需要「術科訓練」了！

就好像學開車，脖子以上的知識，就是交通規則；而脖子以下的反射動作，就是駕駛訓練。

光速英語是一種「術科訓練」，就誠如開車的「駕駛訓練」，是把英語內化成反射動作的訓練。簡單來說，學科英語主重知識，是關於「讀寫」的訓練；術科英語主動反射，就是關於「聽說」的訓練了！

學科與術科的「聽說」訓練，有什麼不同？

學科英語在聽到英語時，是在「聽字」；說英語時，是在「讀字」。

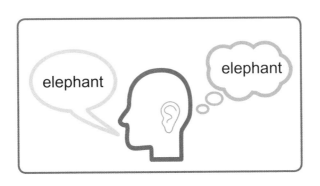

　　術科英語在聽到英語時，是在「聽圖」；說英語時，是在「說圖」。

　　由此可見，學科與術科的「聽說」訓練，是完全不同的思維系統。

　　術科訓練的好處，是需要的時間不長，大約只要 20 個小時，就能讓英語內化，成為反射動作。

　　你的新思維一旦定型，就可以擺脫吃力的「文字系統」，進入輕鬆的「影音系統」囉！在接下來的章節，將帶你實地演練術科七招，讓你的英語全面自由！

　　大學聯考英文 90 分的輝煌紀錄證明著:文法、修辭過關,但口說呢?

　　每當準備開口說英語時,眼前彷彿有個屏幕快速的打出字來,但是在還沒完成「自動校正」前,對方早已跳開話題,留下我一臉尷尬的畫面。

　　某次巧遇老師分享看豆豆先生(Mr. Bean)學英語,讓孩子與我感受到記憶詞彙與學習口說的奇幻驚喜。很感佩老師不僅僅是教導英語,更是宇宙派來的人間天使:撫慰了我自幼對英語「考試」的恐懼。

　　世大運時,我把握機會實踐所學,用英語與各國選手溝通,甚至推薦當地美食佳餚、名勝古蹟,做好國民外交。更多時候,各國外籍看護希望購買台灣製造的醫療器材返鄉,我也都能流利地用英語給予協助。

　　坐而言不如起而行,輕鬆自在地把英語當母語學習,讓你考上駕照後直接上路,不用一直繳錢、一直「補習」英語!

——陳小姐(42 歲,醫療服務業)

　　由於公司業務,我經常需要參加全英語溝通交涉的會議。看著同事能與客戶以流利的英語交談,自己卻開不了口,導致對英語的信心全失。

　　我從來沒有想過,原本連開口都有困難的我,竟然能夠上台用英文唱歌?英語聽力也大幅提升,真是讓我從放棄的邊緣重拾了對英語的熱愛。

　　現在,我能充滿信心的向客戶做英文簡報,同事也都對我的英文進步感到不可置信。我也養成了收聽英語新聞,以及觀看外國影集的習慣。老師的教學方式,能讓你輕鬆自學英文,並樂在其中。

——游先生(46 歲,製造業)

如何讓英語「瞬間聽懂」？

第六層地獄：「視而不見」

　　兩人來到地獄裡練習「英語聽力」的地方，廣場上正準備著某個盛大的舞台劇，台下的觀眾也已聚集。

　　但正當表演準備開始時，所有的觀眾卻不約而同的戴上了眼罩。

　　當布幕緩緩升起，五光十色的燈光效果，精心打扮的演員們也陸續華麗登場，開始了一場堪稱世界級的舞台劇。可惜的是，觀眾卻只能聽，不能看。台上呈現的各種精采的表演與對白，想當然爾，大家是有聽沒有懂。

　　落幕後，大家才紛紛拿下眼罩。地獄長者問：「剛剛誰聽得懂？」現場鴉雀無聲。

　　「還聽不懂？那不准走，再聽一遍！聽到懂才能離開。」劇組人員只好無奈重演，觀眾也只好無奈地再戴上眼罩重聽。如此周而復始，沒有人能離開這個聽力地獄。

　　君兒對使者說：「這種練法，讓我想起台灣學英聽的方式。

我們總是只聽聲音，再對照課本，然後不斷重複。可是外國人開口時，卻沒有課本可以對照了。」

使者答：「聽過頭痛醫頭，腳痛醫腳嗎？想練英語聽力，就只用耳朵，以為這就是在練『聽力』。不用五感的觀察力，當然會聽不懂。但是你們牙牙學語時，卻不是這樣學的。想想看，小朋友是怎麼聽懂中文的？」

君兒想了想，回答道：「我們是先『看』身邊的人，然後模仿，自然就學會了啊。」

使者說：「沒錯，如此一來，只要吃飯、喝水、睡覺，很快就能聽懂生活用語，這是因為聽到聲音時，腦海最先閃出的是影像！所以練聽力不只要用耳朵，還要運用五感，才是擴大聽力的關鍵！」

英語聽力的四大關卡

為什麼大家學了幾十年的英語，遇到外國人，卻還是聽得「霧沙沙」？

因為我們在聽英語時，是在「聽字」，再運用「文字系統」來中翻英。所以聽英語，必須跨越四個關卡，才有可能聽懂。你的聽力是否也卡關了呢？

第一關：聽寫英語

學英語聽力時，都用「聽字」的方式。先用耳朵聽聲音，然後用手寫出英語單字。

但是如果「單字量不夠」的話，就會想不出字，就被卡住聽不懂囉！

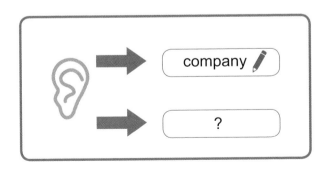

第二關：譯成中文

聽字寫出後，下一個關卡就是再「英翻中」，但如果又「單字量不夠」，就無法英翻中，也無法了解字意了！

就算可以英翻中，但一個單字裡，可能有不同的翻譯，要翻成哪個中文才對呢？

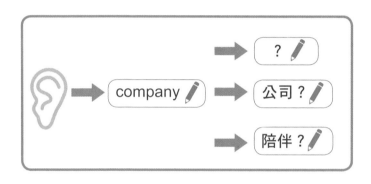

第三關：力不從心

假設你剛好會背單字，也剛好會中文翻譯，第三個關卡，就會是對方說話的速度。

說話的速度永遠比寫字快！等你埋頭寫完第一個單字跟中譯，抬頭一看，人家可能早就講完一整句話了。現實裡總不可能請人家不斷重唸吧？結果是力不從心，還是聽不懂啊！

英聽就像鬼打牆，你越是認真聽，就越跟不上，也越聽不懂了！

所以只好再買教材、再增加更多的單字量，然後外國人一開金口，你還是來不及寫，感覺自己永遠也跟不上了？

這樣的惡性循環，不正就是大家深陷的英語地獄嗎？

也許你有聽過一個理論，就是「多聽就會了」！但我們平常追韓劇日劇這麼久了，也不見得聽得懂韓文或日文吧？

英語也是一樣，無論怎麼看外國影集，聽英語廣播，如果是在「聽字」，還是會來不及寫，跟不上速度啊！

所以，到底要如何才能破除這些關卡，離開聽不懂的英語地獄呢？

聽懂英語的關鍵

要能瞬間聽懂英語，關鍵就是要能「聽圖」，而不是「聽字」。

「聽圖」就是在聽到聲音時，腦海能立即閃出相關的影像！不拐彎抹角、不英翻中、不取諧音，而是像聽台語

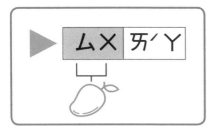

那樣，例如，聽到芒果的台語：「ㄙㄨㄞˋㄚ」，腦海就閃出「芒果」的影像了，才能跟上對方講話的速度！

用台語的「芒果」來示範，當聽到整個字的前半段「ㄙㄨ」時，腦海就有「芒果」的畫面了。

英語聽力也是同樣的道理，術科的訓練目標，就是訓練大腦在聽到英語時，能自動的「聽圖」。

一旦轉換成「聽圖」模式，通常在對方的英語字還沒講完，腦海就已經浮現影像了。這樣就能跨過單字量門檻，快速的聽懂對方內容。

用英語的「芒果」來示範，我們在美國，通常聽到整個字的前半段「MAN」，腦海就有「芒果」的畫面了。

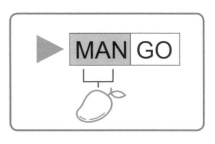

也就是說，術科訓練的目標，就是把腦海裡原本英語的「文字系統」，全面轉化為「影音系統」！當思維習慣轉變之後，一聽到單字，腦海會自動產出相對應的圖像。

這樣當外國人開始講一連串的英語時，大腦把聽圖的部分閃出圖像，雖然有些單字聽不懂，但你也能明白大致的意思。

我們在美國聽別人說話時，腦海閃出的也是一系列的圖像。也就是說，外國人也許一直在講英語，但我們以聽圖的方式，產生「芒果汁公司」的畫面，了解大致的內容。

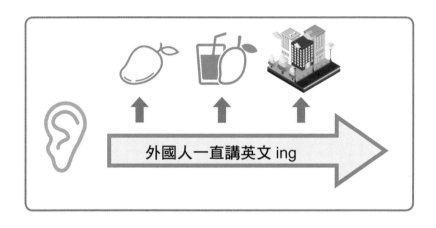

外國人一直講英文 ing

用「聽圖」的方式，是不是比「聽字」有效率多了呢？

我們在聽中文時，腦海也是直接閃出影像呢！

例如這首童謠：「我家門前有小河，後面有山坡」時，你是否也在腦海裡畫出一幅山水小屋的圖畫呢？

看到這裡你又要問了：但是傳統的英語教育，是把我們訓練成「聽字」模式啊！到底要怎麼做，才能全面轉換

成英語「聽圖」的模式呢？

將「聽字」的習慣換成「聽圖」

很多人會以為，那就來找本中英彩圖字典，結合單字與圖像，再唸一遍就能了事吧？

我了解大家很想快點把單字變成影像，但千萬別落入了「文字」陷阱裡。

中英彩圖字典沒有錯，它是一個很好的參考工具，但是，那畢竟還是以文字為主的排列，背了也只會停留在「脖子以上」，無法貫通全身，達到「脖子以下」的「反射」層次。如果英語無法內化成為反射動作，就無法瞬間聽圖囉！

那麼，到底如何將現有的「單字庫」轉換成「影音庫」呢？在非英語環境的前提下，怎麼在短期間達標呢？

首先，我們要先掌握聽力的目標，就是要能聽到聲音時，直接閃出圖像。

例如我們聽到「Elephant」，腦海會閃出大象；但一般人聽到「Elephant」時，腦海閃出的是單字。

該如何轉換成一聽到「Elephant」，就立即閃出該字的

「影像」呢？這分為三個步驟：

第一步：建立影像

針對建立「影像」的部分，要在聽到「Elephant」時，同時用手去比出代表大象的動作，以強化腦海的影像。

至於是什麼樣的動作才標準？其實不重要，只要是能代表腦海中的「大象」畫面就行囉！例如：手伸長長的，代表大象的鼻子。

第二步：建立聲音

針對建立「聲音」的部分，要在聽到「Elephant」時，將聽到的聲音，同步模仿而出。重點是要想像畫面，拼字可以先不管。記得要確實「模仿」出聽到的聲音，才能建立影音庫喔！

第三步：同步影音

接下來，運用前面兩個步驟，在聽到「Elephant」時，口手並用，同時說出「Elephant」及比出大象的動作，就可以將「Elephant」轉換為影音模式囉！

很多學員會問，那是否就去找一本字典，然後針對每一個單字來設計動作，模仿聲音？

絕對不是！我們不是在學「手語」，不需要記每個單

字的「相關動作」啦！如果要拿單字本出來設計動作，那不但沒有解決你的問題，反而製造更多的問題了啊！

術科訓練的轉換，**不是用「地毯式」，而是「病毒式」的**。只要訓練約 8 小時，就會把「沒練到」的單字也轉成「影音」了！

很多學員大約只跟我練到 4 小時，就會忽然覺得比較能聽懂內容了，感覺非常訝異！原來是句子裡的某些部分，已經能自動的閃出圖像。

有些學員會因為太緊張，又很認真去「聽字」（尤其是那些「聽不懂」的單字），結果當然又是一不小心就回到「聽字」的英語地獄去啦！

過去學英聽會專挑「聽不懂」的字，是因為這樣才能對照課本補強。

但真的面對外國人時，若只專注在「聽不懂」的部

分，那結論當然也會是「聽不懂」！**這就好像考試時，你只挑「不會寫」的題目作答一樣，既費力又不討好。**

　　所以，如何進入「聽圖」的英語天堂呢？答案就是在說話的瞬間，專注於「懂」的部分，專心聽「圖」就好囉！

聽不懂的，就乘機學起來

　　那聽不懂的部分怎麼辦？

　　我後來才發現，很多人在聽不懂英語時，是感到非常恐慌的。追根究柢，這些都是「考試」造成的後遺症！

　　在考「英聽」時，聽不懂是「扣分」的，「發問」就算「作弊」，但這些都與現實生活完全脫節。

　　英語聽不懂，在生活中是可以提問的！但你可能因為怕聽不懂他的回答，所以連問對方的勇氣都沒有。從此遇到「聽不懂的英語」就像遇到大野狼一樣，只能退避三舍囉！

　　但為什麼我們聽不懂某些中文時，不會恐慌，而且敢發問呢？

　　這是因為我們覺得「聽不懂」是很正常的事，因為大家在增廣見聞中；而且聽不懂，問就好了啊！「發問」也是一件自然的事情，身邊的人也會很樂於分享。發問代表

你很用心的要了解對方呢！

在生活中學習新知識，是件非常快樂的事情，一點都不會覺得有「分數」或「單字量不夠」的壓力。

學英語若能像這樣，不懂就問，聽了就學，不就自在快樂多了嗎？

比如說出國搭飛機，空服人員會示範安全事項。這時候只要看著空服員的動作，聽著她的解說，利用機會學習就好了。或是當空服人員在問你是否需要「毛毯」「飲料」「餐點」時，利用機會有樣學樣就行囉！

♣〔練習〕聽力自學法

想像在飛機上，你看到外籍空服員正在發放枕頭。

終於，她到了你身邊，手指著枕頭道：「批肉」？

假設你聽不懂怎麼辦呢？反正看得懂，對她點點頭，模仿她的說法：「批肉」！

這時候空服員就會帶著笑容，給你一個「批肉」啦！

雙手接過「批肉」，喔，就是枕頭嘛！

用這樣的方法學聽力，就可以走到哪裡，學到哪裡！能聽懂的字，也就會輕鬆的增加囉！

這也是術科訓練美妙的地方，它需要的訓練時間很短，很快就能把「脖子以上」的知識，貫通到「脖子以下」！一旦學會，讓它成為身體的「反射動作」後，就能進入自學的模式。在「運用」的生活裡，使用技術當然也就越來越純熟囉！

以我的經驗，很多人只要 20 小時，就能把原本脖子以上的英語知識，貫通到脖子以下了！一旦英語成為「反射動作」，英聽能力就能脫胎換骨，瞬聽秒懂囉！

這時候只要打開英語影集，你就能進入自學模式，自動的擴大能聽懂的範圍，就像小時候看電視學台語一樣。

掃描左方的 QR code，看看我的「肩膀放鬆動作英語」影片，來做更具體的聽力訓練吧！

Chapter 6　如何讓英語「瞬間聽懂」？

學員真心話

　　由於工作需求，我偶爾要到歐美出差，曾惡補過英文卻不見成效。去年生日，老婆大人送了我「Jean 老師的光速英語課程」作為生日禮物，大大改變了我日後的英語溝通口說命運！

　　老師指導我們看影集電影、聽歌、聽 ICRT 自學英語，搭配著生活經驗，掌握技巧自我加強了商業英語。現在不僅是日常溝通，爾後向國外談生意更是駕輕就熟，不只增強了我口說英語的自信，訂單一張張如雪片般飛來，還能自己直接去跟國外談代理，實在是「一本萬利」啊！

　　2019 年初（學習 4 個月後），英國原廠代表訪問台灣，除了原本的商業談判，我還用英語向這位英國紳士介紹台灣特有的「寶瓶，保平安」禮物。想當然爾，我們從競爭者中脫穎而出，又順利拿到一年的代理權！

——許先生（43 歲，自營商）

　　自身英文聽力不好，且對英文有些恐懼，以前從未與外籍客戶接觸過。當時曾在網路看過老師用英文介紹肉粽、粽葉的英文，那種情境式的講解，讓我確定那是我要的學習方式。

　　「破除英文的恐懼感」，是我改善最多的部分，且變回像小孩子時，學語言最快速的狀態。因為不怕說錯，所以可以接洽外籍客戶，或很不要臉的跟任何外國人聊天。

　　我在 2016 年考取了 FROSIO（塗層檢驗員證照），這是用全英文授課專業的教材，檢定不但要通過筆試，還要通過由日本驗船協會主考官的英文口試。

　　由於檢驗嚴格，目前台灣僅有 37 位專業人士取得該執照。但我已非昨日之我！我的英文能力已大幅強化，所以能夠專注在專業領域的學習。英文已經不再是我的阻礙了！

——曾先生（38 歲，工程師）

079

如何讓單字「過目不忘」？

第七層地獄：「周而復始」

　　君兒與使者來到一個溜滑梯廣場，每座溜滑梯都有人在爬上滑下，很是忙碌。

　　溜滑梯上寫了：「天堂之路」，只要往上爬，就能通往英語天堂了。

　　這樓梯就是「背單字」，每背一個單字，就可以更靠近天堂一步。這些人深信，只要努力背單字，總有一天可以到達英語天堂。

　　但是好不容易爬上「背單字」樓梯的頂端，路卻轉成往下的滑梯。原來不管背了多少單字，只要到達頂點，就會開始「忘單字」，倒退嚕了！想當然爾，大家無論再怎麼爬，都會再滑下來。

　　君兒問：「努力的背單字，就會上天堂嗎？可是他們也同時不斷的在『忘單字』啊！為什麼要一直原地踏步呢？」

　　地獄的人回道：「沒有更好的方法了。完全不背，就更沒

機會了！只要一步一步，把全天下的單字都背完，我們就能進入英語天堂了。」

　　君兒問使者：「單字背了又忘，難以有所進展。我們還有更好的方法學英語嗎？」

　　使者回：「問題就出在『背單字』這件事。很多人都以為『背單字』等於『學英語』，但背單字本身就是一個陷阱了。世界上的單字很多，人的記憶力卻有限，永遠也背不完。就好像要去一個城市旅遊，卻規定自己要背完所有路名才能出發，結果就永遠無法出門了。所以『背單字等於學英語』這個理論，就把大家困在『周而復始』的英語地獄了。」

「背單字」等於「學英文」嗎？

很多人會覺得，「背單字」就是在「學英語」。兩個詞看起來還挺對照的！於是乖乖拿起單字本，一背就幾十年。但看到外國人，卻總派不上用場，只能嘆「單字用時方恨少」！

或者既然要學「英語」，就把美國小學的教材搬來，照本宣科吧！但是他們忽略了美國與台灣的差異：**美國小孩在學「英文」前，就已經能用「英文」溝通了！**

他們對於「英文」的印象，是一連串豐富的五感體驗，充滿了「影像」與「聲音」，也就是所謂的「影音庫」。

但台灣孩子在接觸「英文」時，對英語的印象是一片空白，沒有任何五感的體驗，就直接面對 26 個字母、音標與中英單字組合。

對他們而言，英文就是冷冰冰、硬邦邦，沒有生命的「文字庫」，當然會覺得學英文是個索然無味的苦差事。

那麼，美國小孩是怎麼學英文的呢？為什麼他們都有源源不絕的「單字量」？

我在美國生活時發現，他們的小小孩在學講「英語」，跟我們在台灣學講「國語」的方式是一樣的！

記得小女兒在進美國的幼稚園前，就能在生活中用英

語跟大人溝通了。幼稚園裡，也主要以說故事、玩遊戲、學習團體生活為主，英語早已先大量的累積了豐富的「影音庫」。

等女兒上了小學才開始學「Phonics」，也就是拼音，有點像是我們的小一生學注音符號。這時，他們才把常說的話用符號的方式記錄下來。

比如說「cat」，光是聽到這個聲音，小孩的腦海就浮現一隻貓了。然後大人們會教他們用這個聲音來認字：cat。所以美國小孩看到 cat，就直接聯想到貓，也能直接說出那個耳熟能詳的稱呼，大人們再解釋 cat 的拼法，是c-a-t。

這跟我們小時候學注音的原理不謀而合。都是先「聽說國語」，再「讀寫國文」，因此大家都可以很快的學會。所以學外語要像孩子一樣，先「聽說」，再「讀寫」，這樣就能輕鬆又有效率了。

運用「拍照式記字法」，秒記單字

如果你是在台灣長大的怎麼辦？能夠像美國人那樣，有效率的學英語嗎？

為了幫學員解決這個問題，我自創了「拍照記字法」，歸納了秒記中文的步驟，再應用於英語學習上。

　　其實在美國長期生活後，我發現在美國記英文，跟在台灣記中文的模式是一樣的。我想那應該是大腦記字最自然的模式吧！

　　針對複雜的單字，要如何利用五感強大的記憶力，來快速又永久的記住單字呢？接著來示範我獨創的「拍照式記字法」。

　　「拍照式記字法」，顧名思義，就是利用眼睛的「拍照」功能，把字當做圖拍起來，再結合嘴巴來「出聲」，及雙手「動作」，來強化其代表的畫面。

　　以高麗菜「Cabbage」這個單字來示範。假設遇到這個陌生的單字：Cabbage，該如何用「拍照式記字法」來記它呢？

步驟一：收集聲音

　　不會唸沒關係，先去電子字典或 Google 翻譯裡輸入 Cabbage，就會聽到它的發音「K 必舉」。

　　模仿它唸個二～三次。要唸出來，才能確實將聲音記入腦內。請大聲唸出「K 必舉」吧！

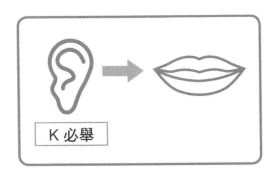

步驟二：強化影像

看到中文解說，知道了 Cabbage 就是「高麗菜」。

在腦海中想像高麗菜的畫面，再用雙手來比一個代表高麗菜的手勢，強化高麗菜的「影像」。可以用雙手捧在一起，做出一個像高麗菜的手勢。

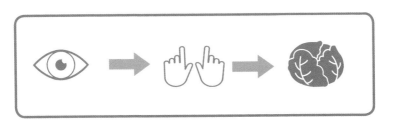

步驟三：手口同步

接下來，結合步驟一與二，要同時發出聲音與比手勢。

關鍵是要「同時」。請同時口說「K 必舉」的聲音，以及手比「高麗菜」，如此重複動作二～三次。

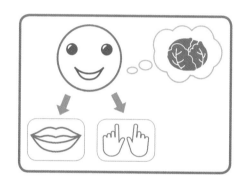

步驟四：拍照記字

接下來眼看「Cabbage」這個單字，同時口說「K 必舉」，手比高麗菜，就會把這個字像記圖像一樣，結合五感的感知，拍照起來囉！

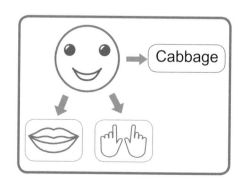

在運用五感拍照記字完了之後，當看到 Cabbage 這個字，腦海想起「什麼」聲音跟「什麼」畫面呢？

腦海有沒有自動出現「K 必舉」這個讀音？這樣不但容易記，未來在生活中，自然能聽懂及說出囉！

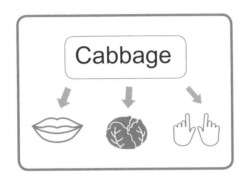

再舉個例子，還記得你當年是如何學會「iPad」這個單字的呢？

在當年賈伯斯發表「iPad」前，這個單字是不存在的，是不是也是像這樣，聽到了這個名詞，然後在實體店操作，或是電視上看過它的樣子？然後，「iPad」這個單字，就這樣不知不覺的刻進你的腦海中。

當術科訓練完畢，將你定型為影音模式後，再遇到新的單字，只要看到「字形」，問一下「字意」，大腦就能立刻結合二者，瞬間記住了，這樣才能在英語環境中，快速擴大單字量。

♣〔練習〕拍照式記字法「Loofah」

來練習當遇到一個新單字時，如何用「拍照式記字法」來消化它吧！

步驟一：收集聲音
不會唸沒關係，用手機或腦查查「Loofah」的發音是什麼呢？並在下方的「發音」格子裡，用中文寫出諧音，然後大聲唸出個二～三次吧！

> 發音：

步驟二：強化影像
查詢字典，找出 Loofah 的意思，並一邊想像著物體的樣子，一邊用雙手創造一個代表的手勢。

步驟三：「手口同步」
結合步驟一與二，同時口中發出 Loofah 的音，手裡比出手勢，重複動作二～三次。

步驟四：拍照記字
接下來眼看「Loofah」這個字形，同時說出 Loofah，手比手勢，同時把這個字，用五感拍照起來囉！

在運用五感拍照記字後，來看看能否直覺反射出 Loofah 的英語讀音吧！

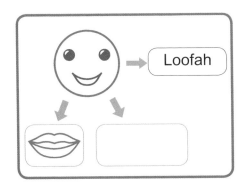

現在看到 Loofah 這個字，請問你腦海想起「什麼聲音」跟「什麼畫面」呢？

如果腦海裡有自動出現「嚕髮」這個音、出現「絲瓜」的圖像，那你就大功告成囉！

想要多練習「拍照式記字法」，請掃描左方的 QR code，來看影片示範喔！

　　對於熱愛環遊世界的我來說，能將英文輕鬆說出口，是件多麼令人嚮往的事啊！我雖然不曾停止過學習，但程度依然停止在簡單的讀和寫，對於「說出口」這檔事，仍遙不可及。

　　但就在 3 年前，神奇的事發生了，我無需再死背單字，而是透過老師有趣的獨特記憶法，且能久久不忘，終於讓我體驗到所謂的「輕鬆開口說英文」。

　　現在，我完全不擔心在機場遇上難搞的海關，也能自在享受「一個人的自由行」。我能用英文遨遊嚮往的國家，並和當地人輕鬆溝通了解其文化，還能幫助朋友們翻譯，讓我不僅成就了自我，還讓他人也受惠。英文已不再是我探索世界的絆腳石了！

　　　　　　——蕭小姐（45 歲，生技公司創辦人、業餘婚禮、活動主持人）

如何讓英語「脫口而出」？

第八層地獄：「引以為尺」

　　兩人又來到另一層地獄，只見人人走在整齊劃一的路上，身上背著一把又大又重的尺。每個人只要走一步，就會停下來，量一下腳步的距離。

　　奇怪的是，量好了之後，大家總是搖搖頭，嘆嘆氣，又回到原點，再重來一次。

　　君兒問：「你們在量什麼？」

　　地獄的人回道：「要進入英語天堂，每一步都要照規矩，不得有誤。因為有錯的人，沒有資格進入英語天堂。所以才每走一步，就要量一下，錯了再重走。」

　　君兒問：「但這樣要走到什麼時候？」

　　地獄的人回道：「只要過程是對的，加上耐心，總有一天會走到英語的天堂。到時一定會得到天堂加倍的獎賞。」

　　君兒問：「那你走多久？走多遠了？有人到達英語的天堂嗎？」

地獄的人回答：「從我們有記憶以來，就一直按照規矩在走了。雖然進展是有點慢，但學語言不可以投機取巧。只要在正確的路上繼續努力，總有一天，就能走到目標！」

　　君兒轉身問使者：「前往英語天堂之路，真的每一步都要完美無缺嗎？」

　　使者回道：「那是天大的誤會！失敗本來就是成功的一體兩面。不允許自己犯錯，那就是與『成功』絕緣！背著『批判』這把尺，反會墮入英語地獄的深淵。」

　　君兒問：「這把尺反而成為天堂之路的阻礙了！誰願意繼續做這種事呢？」

　　使者回道：「當一個人不認識自己，不確定自己的價值時，才會用外界的那把尺，來評定自己。過度在意別人的看法，也許能得到他人的肯定。但代價就是失去『自己』，永遠成為這把尺的奴隸了。」

說英語，為什麼怕出錯？

　　一百年多前，戴爾‧卡內基（Dale Carnegie）曾經提到美國人最害怕的兩件事，就是「死亡」和「公眾演講」。

　　一百多年後，我發現很多人最害怕的兩件事，就是「死亡」和「說英語」。常常有學員問：「Jean 老師，我很怕講英文，說錯了很丟臉，怎麼辦？」

　　就像百年前，「公眾演講」是少數菁英才能懂的奧秘。現代社會裡，「說英語」似乎也僅屬於少數菁英的權利。但我想要告訴你們：「**說英語不一定要是菁英，老百姓也可以！**」

　　為什麼我們講英語會有「罪惡感」呢？為什麼會怕說錯呢？**那是因為我們被植入了「英文不准錯」的價值觀。**

　　在學校，英文是一門「學科」，評比成績的方式就是「考試」。

　　與外國人的日常互動不同，在考試制度裡，出錯就是「扣分」。考試要求我們每一步都要「對」，高分就是英文「很好」，低分就是英文「很差」，甚至很多人考試「出錯」還會遭到各種處罰。

　　這些原因都導致我們在開口講英文的時候，恐懼感油然而生：「萬一說錯了怎麼辦？」

因為「錯」等於你這個人就是「程度差」。在公眾的場合裡，「程度差」當然很丟臉啊！大家即使學過多年的英語，但看到外國人，還是躲的躲，逃的逃。空有一身專業卻只能當空氣，更遑論要「學以致用」了！

說母語時，為什麼不怕錯？

那麼，要如何克服說英語的恐懼，讓老百姓的英語大翻身呢？

回想你牙牙學語的階段，說話不標準是很正常的，但周遭的大人卻幾乎都是報以讚賞的眼神，甚至覺得你學說話的樣子可愛極了，從來不會拿著一把尺丈量，要求小孩說話像主播一樣。

父母兄姊也會熱心的回應小孩表達的需求，在頻繁的互動裡，小孩就利用各種互動的機會學習和修正，不需多久，母語就可以很順暢的表達了，從來就沒有「罪惡感」這回事。

在學母語的路上，我們都有共識，就是「一回生，二回熟」。

犯錯是學習的一個重要階段，如果小孩子說話會「臭

奶呆」，那我們學英語，一定也要經歷「臭奶呆」的過程，才能進化成熟。如果一開始就要求完美，就永遠學不會了。

讓口說成為「反射動作」

　　在講英文時，學員們常認為那是一個大工程，需要動用到強大「記憶力」與「運算力」，才能精準的中翻英，核對文法、符合時態、合乎句型！

　　只是講個話就要這麼多前置步驟，大家想到就開始暈了，簡直是不可能的任務！

　　但是如果參照母語，就會發現講母語時，通常是靠著直覺來「反射動作」。

　　例如，想到芒果的畫面，就能脫口說出「ㄙㄨㄞˊㄍㄨㄛˇ」。我們講中文時，也不需要想句型或考慮文法，而是直覺性的，在瞬間反射出想要表達的話句。

遇到不會的單字時，該怎麼開口？

　　你覺得出門在外，在需要說英文的場合裡，遇到下列

哪個情形的機率較高？

　　1. 遇到的單字，剛好會講

　　2. 遇到的單字，剛好不會講

　　應該是 2 的機率高吧！所以術科的口說訓練，就是要達到能瞬間表達「不會的單字」。只要掌握要領，不論身處任何情境都能溝通囉！

　　記得兒子還小時，有一次告訴我：「媽媽，我要吃那個黃黃長長的東西。」

　　當然，他的手指正指著桌上的「香蕉」。

　　他的思維是以「畫面」為主，用「其他」會的中文去形容它，加上比手畫腳，讓我「看」見他的意思。結果他不但順利吃到香蕉，還學了「香蕉」的說法，一舉數得！

　　沒有背過香蕉的單字，有什麼關係呢？在遇到不會的單字時，就學習小朋友——先說簡單的，再補充細節吧！反觀我們說母語，不也是這樣運作的嗎？

　　如果有人想不起「膽固醇」這個名詞，換了個說法：「細胞裡，類似油脂的物質」。

　　請問你會在意嗎？不太會吧！那為什麼英語不能「換句話說」呢？

　　社會上的交流，本來就是建立在互相尊重的立場，說不出精準的名詞，是每個人都會經歷的過程啊！

所以，只要克服「自責」的心魔，了解人生就是一連串體驗與學習的過程，就能藉著英文，修練好「自我肯定」的課題。

既然你不會苛責孩子，不妨也放過自己吧！允許自己發揮創意，用比手畫腳也好，旁敲側擊也好，誠心誠意的用英語表達自己吧！

單字量不夠的五個妙招

萬一真的遇到外國人怎麼辦？要如何開口溝通？在此先分享五個急救招，讓你在需要講英語的場合，爭取一些時間，補充氧氣，讓英語脫口而出。

假設你在路上，看到某位外國人拿著地圖東張西望，似乎在找路，身為台灣最美麗風景的一員，你一定會很想幫忙吧！但是又怕開口，怎麼辦呢？可應用以下的急救招。

第一招：簡單招呼

千萬別慌張，先看自己會的單字有哪些，會的先用出來，「Hi」「Hello」都可以，重點是先釋出善意，讓外國人知道我們願意提供協助。

第二招：釐清畫面

先了解外國人的目的地在哪裡。

也許你聽不太懂對方說什麼，但他很可能手比著目的地，所以你其實只要釐清「上 5 樓右轉」的畫面就可以了。

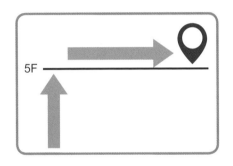

第三招：發聲留人

記住，當外國人在等你回覆時，千萬不能「靜音」超過兩秒鐘。

如果完全靜音，外國人會以為你沒有準備要回答他，當場就尷尬了。這時不妨說些簡單的字，比如：「M..., Ah..., I think..., Maybe..., Oh Well...」讓他知道你還在想，還有意願要答覆他，也為你爭取一些時間來思考要回答的內容。

第四招：丟出關鍵字

千萬不要回到地獄裡去想「單字文法」了，因為太耗時。可能你還沒想好句子，外國人就先行離開了。

為了避免這個情況，不妨先想著路線圖，然後丟一些關鍵字出來，讓對方的腦海裡，也產生類似的畫面：例如「to 5 floor , go right 」。

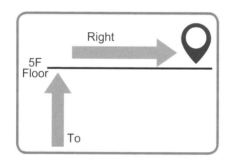

第五招：比手畫腳

在溝通的時候，記得對方不只有耳朵，還有眼睛。所以，我們要善用這個優勢，讓對方產生更清楚的畫面，例如，在說「to 5 floor, go right 」時，也可以加上手勢，比數字 5、手指指向右方等，運用我們平常溝通時也會自然運用的技巧。

口說的道理就好像如果有客人突然來訪，即使家裡只有茶或簡單的點心時，我們也會拿出來招待對方！

英文也是這樣，遇到外國人，即使只有簡單的單字，也拿出來招呼吧！總比不聞不問，快閃走人好多囉！

 掃描左方的 QR code，可以看看「單字量不夠急救五招」的影片，英文勇敢脫口而出吧！

開口說英文一直是我內心最深的痛。

自求學到職場工作，因為不時被糾正發音，使得我越來越沒有勇氣開口。在一個轉換工作崗位的機會中，我得到一個參加國際研討會議的機會，但我沒有半點的喜悅，因為那需要臨場反應的即時英語能力。

就在我焦慮時，偶然看到老師的「光速英語學習」，雖然在心中疑惑著「可能嗎？」但又想想，離出國報告還有三個月，於是抱持著死馬當活馬醫的心情參加體驗課程。

後來出國參加會議，我發現竟然聽得懂 1/3 的問題，也能夠用腦海中自動飄出的單字回答。這讓我燃起了希望，繼續用這有趣的方

法自學。

　　如今的我，不僅出國報告回答問題不需再看稿，甚至出國自助旅行時，已經可以用全英語溝通，甚至幫同行的人當翻譯了！

──蔡小姐（43 歲，醫藥衛生研究專員）

　　透過老師的教學，讓我們能生活化的學習語言。我了解說錯不可恥，因為那本來就不是我母語，犯錯是正常的。當心態被老師調整後，我越來越敢開口練習，英語口說也就越來越有機會進步。

　　之後我有機會擔任英國朋友的一日高雄導遊，那一天的過程中，我的心情相當輕鬆自在，也得到了英國朋友的讚美，讓我更有信心，更認真學習。

　　後來，我剛好有機會進入荷蘭商工作，更開拓了自己的人生觀與視野。英語是我的好工具，不但讓我與國際接觸，更幫助我可以順利完成工作。

──洪小姐（35 歲，製造業採購）

　　說到英文溝通，真的有過深刻的慘痛經驗！

　　我在進入職場後，有好幾年時間疏於進修，直到無預警被裁員失業，才警覺英文的重要性。轉職時也被面試官洗臉：「為什麼你念到碩士學位卻無法開口說英文？」因此我開始積極的找解決辦法。

　　在網路上觀察許久，由於認同 Jean 老師想讓普通老百姓也可以開口說英文的觀念，抱著孤注一擲的決心去上課。上完課後我覺得最大的收穫是增加自信，再也不怕開口說英文了，好幾次在路上遇到外國人問路都可以順利回應呢！真的非常感謝 Jean 老師幫助我移除心中對於英文的恐懼！

──紀小姐（31 歲，教育顧問業）

如何讓英語「對答如流」？

第九層地獄：「無聲交流」

　　兩人來到了英語第九層地獄裡的「菁英交流會」，只有極少數菁英，得以通過層層地獄的考驗，來這裡切磋交流。

　　君兒問了一位英俊的男士：「你是怎麼通過那麼多困難的考驗，被選為英語菁英的呢？」

　　對方竟回答君兒：「How can you pass so many difficult challenges? What made you to be the chosen best?」

　　君兒一臉疑惑，問他：「你幹嘛把我的話翻成英文？」

　　對方卻又說：「Why you keep translate my words into English?」

　　君兒急了，一旁的英語使者卻說：「他們的訓練就是要中翻英，不是用英語表達自己的想法。」

　　君兒問使者：「所以在地獄裡，就算學盡天下的英文，最後卻要失去自己的靈魂，成為一台翻譯機嗎？」

　　忽然，一位優雅的女士站出來，指著那位男子：「你剛剛

的 made you 的連音沒有接好，還有不能用 best，菁英的單字是 elite，keep 後面的動詞也沒有加 ing。」

接著又大聲呼叫：「來人啊！英語的敗類在此！他說這種『錯誤』的英文，根本是誤人子弟！這樣的劣質品，應該要立刻銷毀，才不會壞了英語菁英的名聲！」

幾名地獄使者出現了！像是在對付「病毒」一般，立刻用膠帶封住男子的嘴巴，為他戴上手銬，頭套上寫著「英語之恥」的牛皮紙袋，把男子拖出去了！

地獄的長者宣布：「請各位英語菁英勇於檢舉這些英語敗類！我們只能接受最完美的英語。如果有人膽敢說『錯英語』，就要立刻淘汰，英語病毒才不會蔓延！」

君兒看不下去：「如果英文沒講好就是誤人子弟，那小孩不就不能說話了？他們的中文也不標準啊！」

只見這個英語地獄裡的「菁英交流會」，鴉雀無聲，沒有人敢再開口了。

說英語的三個陷阱

在訓練數千位台灣成年人的英語口說後，我觀察到很多人在說英語時，常會先沉思許久，然後臉色開始發青，最後把到了嘴邊的英語，硬生生的吞回肚子裡。

原來，在台灣的英語教育，讓大家在開口說英語前，會去自省三個問題，這一想，就直接沉淪到英語地獄裡，回不來了。

第一問：這個單字是？
第二問：介系詞放在哪？
第三問：這樣說對嗎？

這三個問題是否很熟悉呢？你是否開口說英語之前，也會問自己這三個問題？如果有，我可以保證，你看到外國人時，註定要走向「無言的結局」。

要如何破解困局，離苦得樂，進入英語天堂呢？且看如何解決這三個問題吧！

第一問：這個單字是？

這個問題的陷阱，是你會停下來思考，就代表你不會

這個單字，再多想也是無益，只會消耗時間。對方又睜著大大的眼睛等你開口，勢必更增加你的焦慮感。

例如 A 學員在想「出國」這個單字時，其他同學會想拔刀相助，於是就「背」出那個單字給他聽（travel），充當活字典。

因為台灣的英文考試都是如此，要背出精確的單字，才是唯一的解答。就好像是英文的單字填充跟選擇題，永遠只有一個標準答案。

可是以 A 學員的角度來看，這種「熱心」反而帶給他無比的壓力。

很有可能「travel」對他來說是個完全陌生的單字，但他會以為全天下只有「travel」才是正確答案。

只聽同學唸這麼一次，也沒把握能記得起來，下次又遇到不會的單字時，就四處張望，看有誰能背出來，能丟魚給他吃。

這無意中又強化了 A 對英文的無力感，覺得如果單字不會背，就沒有能力溝通了，在國外也沒人可以背單字給他聽，怎麼辦？

只要下列三步驟，就能破解「想單字」的陷阱！

第一步：不想單字

要了解在溝通的世界裡，英語沒有所謂「標準唯一」的答案。同樣一件事，永遠可以有不同的說法。

例如：餐點要「外帶」，有什麼標準唯一的說法嗎？只要老闆能聽懂，「帶走」與「打包」都可以吧！

第二步：要想畫面

說英語時，腦海要想著你要表達的「畫面」，就能夠跨越「單字量」的門檻。

想畫面比想單字容易多了吧！以「出國」為例，我們可以想出國的「畫面」是什麼？也許就是某人離開台灣的畫面嘛！

第三步：描述畫面

以「畫面為主」「文字為輔」為原則，避開自己不會的單字，只用自己會的英語來描述。

例如手比一個圈圈代表「Taiwan」，用另一隻手，來比離開 Taiwan 的動作，再加上個「out」，對方就能「看」懂啦！

運用這三個步驟，即使你「單字量不夠」，對方也能了解你的意思囉！

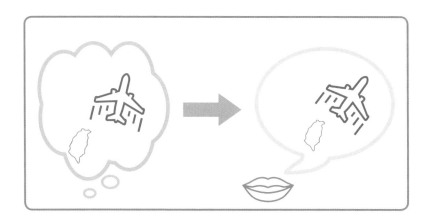

第二問：介系詞放在哪？

這句話背後的陷阱在於，很多人會認為句子要完整，才是「好的」英語。

因為我們長期學英文是為了準備考試，所以一向只有標準答案。在中翻英考題裡，如果介系詞選錯，就會前功盡棄！

所以雖然單字會背，但是字與字之間的介系詞要怎麼用，錯綜複雜，想不出來怎麼辦？

這時候，學員又進入「沉思」的狀態了。怎麼想也是不太確定，又再度陷入地獄裡，無法自拔了。

這要如何破解呢？其實只要了解事情的真相，就能開悟解脫。

在牙牙學語的階段,你不需要講出完整的句子,我們也不會要求小孩去背介系詞來說話,只會鼓勵他們多表達。因為只要多方接觸、模仿,小腦袋瓜會自動修正,漸漸的能講出完整的句子。

英語也是同樣的道理。小孩若反問:「如何瞬間講出對的中文介系詞?」你會怎麼回答呢?應該會有點不知所措吧?畢竟在說話時,你從來沒有想過哪個字是「介系詞」啊!

因為語言其實是個「養殖業」,不是「製造業」。它沒有辦法被組裝,只能先求有,再求好。英語也是一樣,先會講簡單的句子後,多多增廣見聞,介系詞就會慢慢融入你的語句之中了。

第三問:這樣說對嗎?

這句話的陷阱在於,很多人以為英語要先寫出來改錯後,才能確保內容無誤。

但不管怎麼寫,都有可能會寫錯吧?所以常常會有學員好不容易擠出了一句英語,卻立刻一臉疑惑的望著我:「這樣說對嗎?」

很多人以為,英文要說對,對方才能聽懂。但說對了,老外真的能聽得懂嗎?那可不一定!

例如一些醫學的專業名詞,非醫學系的老外,也不見得能聽懂。更何況你遇到的外國人母語也不一定是英語,太難的單字反而讓他一頭霧水了。

所以到底要怎麼說才對?怎麼說對方才能聽得懂呢?

我在這裡分享三步驟,讓你即使英文沒有說對,對方也能聽懂。

第一步:對在哪裡?

首先要處理「自我懷疑」的心魔。

西方人非常重視演講人的「自信」,如果你每講一句英文就面露疑惑、眼神閃爍。對方會以為就是你對自己的理念或產品「沒信心」,你很可能就「冤枉」地失去對方的信任了。

其實你沒信心的,只是「英文」而已!

所以說英語要脫離以往的考試模式,不要專注於「錯在哪裡」,而要看你「對在哪裡」。如果對方還有疑問,就再補充說明吧!

第二步:現學現用

當你用「非典型」的簡單英語表達時,你的創意往往會讓外國人耳目一新!他們不會鄙視你,反而會覺得你真

有趣，就像我們總是很樂見小朋友的表達創意一樣。

就像我們也不會鄙視外國人的中文一樣，哪來的「英文說錯」會很丟臉呢？那是考試制度的「欲加之罪」吧！

比如你說：I Taiwan out.（加手勢）來代表「出國旅遊」。外國人大致能了解你的意思，他們可能會跟你確認你的意思，是否為 Travel abroad？ 若老外這麼佛心，免費的教學就馬上學起來吧！當場模仿、附和幾次：「Yes, I mean travel abroad.」

抱持著「現學現用」的心態，就能走到哪學到哪，到處都是學習的機會了！

第三步：觀察互動

千萬不要以為你英文說「對」，老外就能聽「懂」。

有些外國人來自非英語系國家，單字量比你還少，不見得有能力聽得懂你那精準的英語。所以最保險的辦法，就是要「回到人間」，用簡單的「庶民」英語來開場。這樣無論對方的英文程度如何，聽懂的機率較大。

如果對方態度從容，立即用英語侃侃而談，就知道對方能聽懂比較大範圍的英語，那我們的用字遣詞上就可以比較自由一點；如果對方聽到英語開始面露難色，我們就「降級」一些，只講簡單的關鍵字加上比手畫腳，讓對方

可以看懂。

脫離文字思考，轉為影音思維

　　想讓你的英語能夠隨機應變，到達「見人說人話，見鬼說鬼話」的境界，只要做些「術科訓練」，就能快速的脫胎換骨了。

　　我們從小到大，學校的課程都離不開「英文」，所以在「英文」這個領域，是有累積一些「文字資產」的。

　　所以口說能力的重點，是要訓練「應變能力」還有「反射速度」，取代原本用中翻英、英翻中的「文字庫」，用四肢和五感來操作「影音庫」。

　　以我的經驗，20 小時的訓練就綽綽有餘，能達到瞬間英語溝通的境界了。

♣ 〔練習〕不會的單字怎麼說？

在背不出單字的前提下，要如何溝通呢？來簡單的練習一下吧！先假設你遇到的是不會的單字，所以，即使遇到剛好會「背」的單字，也不能直接「背」出來喔！

情境假設：想要表達「剪刀」這個單字。

步驟 1　比出「用剪刀剪紙」的手勢，腦海想像它的畫面。

步驟 2　有什麼簡單的英文，可以形容用剪刀的畫面呢？

步驟 3　運用步驟 1 的手勢，加上步驟 2 的英文，來表達「剪刀」的畫面，找個朋友實驗看看，他是否能猜對你的意思呢？

掃描左方的 QR code，去看看我的「英文單字不會說，怎麼辦？」影片，更加深記憶吧！

　　我的家人都能用英文溝通，使得原本就害怕開口的我更顯笨拙。有一天看到 Jean 老師在教和端午節有關的英語影片，覺得生動活潑，而且三個星期後，我突然問了小孩：「你還記得粽子的英文嗎？」他卻能馬上唸出來。

　　後來，我跟家人去菲律賓，要回國時遇到當地的機場罷工。我鼓起勇氣，用英文詢問如何改換機票，因此而能順利的如願回家，避免延遲。

　　現在的我不怕開口，我會以我現有的單字表達出我想溝通的內容。所以我相信 Jean 老師說的：語言不是用來考試的，是要能說出口才能真心的愛上它。

——林小姐（40 歲，金融保險業）

　　先前曾在 ICRT 廣播聽到 Jean 老師改編英文版的燒肉粽，引發了我想嘗試新的方式學習英文。

　　後來，我很榮幸的參與了職棒全壘打大賽，那次比賽還邀請了澳洲隊的球員來共襄盛舉。

　　賽前，澳洲的 Andrew Campbell 球員看起來相當緊張，我明白那種感覺，所以特意去和他聊聊天，但我一直很擔心自己的英語表達能力。沒想到，我們這一聊居然聊了半小時！這些都是我之前做不到的。

——劉先生（35 歲，LAMIGO 桃猿 捕手教練兼一壘指導員）

如何讓英文「一目了然」？

第十層地獄：「倒果為因」

君兒與使者來到了練習「閱讀」的英語地獄。

地獄長者正在大聲說教：「看哪！外國人只看到英文字，就能唸、也了解字意了。所以學英文只要在看到單字時，能唸出發音和了解字意，就能讀懂了！」

地獄長者又說：「所以來背單字吧！只要背好天下所有單字的發音跟中譯，就能進入英語的天堂了！」

於是地獄裡的人，個個都埋頭於書本中，有些翻著字典，有些唸唸有詞，大家都在努力的背單字。

問題是，同樣的單字，可能會有不同的發音，也可能同時有多種意義。閱讀時雖然每個單字都懂，但是放在一起時，卻未必能夠理解內容。

君兒問使者：「我怎麼覺得這個邏輯怪怪的？感覺大家離英語的天堂更遠了。」

使者答：「因為這裡是『倒果為因』的地獄。誰只要相信

了這個邏輯，就會被永遠困住。比如明明是『先下雨，才帶傘』，按照『倒果為因』的邏輯，會以為是『先帶傘，所以下雨』」了！」

　　君兒問：「你的意思是說，大家學英文，都落入了『倒果為因』的陷阱？」

　　使者答：「是的，外國人學英文的真相是『先聽說，再讀寫』，但這裡的人則以為要『先讀寫，再聽說』。學英文都先背單字，再拼音翻中。很快他們就會發現，先帶傘，不見得會下雨；先學讀寫，不代表能學會聽說了。」

英文不會唸，怎麼辦？

常有人問我：「遇到不會的單字總是唸不出來，怎麼辦？」

大家一定會覺得，學英文最基本的，就是音標了。如果連音標都不會，看到不會的字怎麼唸啊？

我必須說，那真是天大的誤會啊！

回台多年，我一直無法理解，為什麼很多人會堅信要先學好音標，遇到不會的單字，也要能夠唸出來，才算學好英文呢？

遇到不會的單字，不會唸很正常呀！不會的中文，我也不會唸啊！為什麼對英文會有這種奇怪的自我要求？經過再三的了解，才恍然大悟！

有學員告訴我，學日文時好簡單，只要背好五十音，看到任何的日文就都會唸了！這是因為日文音標等於日文，所以即使看到不懂的單字，還是可以照樣念出來；但是因為英文音標不等於英文，而且像中文一樣，有太多的例外了，所以無法直接唸出來。

由此回推，既然會拼注音不等於會講中文，那學會拼音標，也不等於會講英文啊！

音標真的不是唸好英文的「絕對門檻」，反而對我這

種怕麻煩的人來說，那些複雜的規則，才是學英文的最大阻礙！

　　那麼，要怎麼學好英文讀音呢？不妨參考學中文的模式吧！

　　當你遇到不會的中文，唸不出來怎麼辦？雖然中文的讀音原則是「有邊讀邊，沒邊讀中間」，但還是有例外的，如：「鮮」，它不魚不羊，這要依據什麼來唸？

　　回歸最簡單的辦法，就是直接問人或查字典，然後模仿那個發音囉！說得更簡單一點，就是問就好了啊！英文也一樣，不會唸，問就好了啊！

　　而且就算拼音到了爐火純青的境界，不論多陌生的單字也能拼出發音，但它還是一個陌生的單字，我們還是不懂其它的意思啊！就像花功夫去學「看到不會的中文也會唸」，那有什麼用呢？

　　當年我讀國中時，一看到英文要學拼音，就立刻放棄了，到現在也沒去管它。我學英文是為了要與人溝通，不是要學「拼音演算」法。

　　我在美國生活了 15 年，跟美國人朝夕相處。在相互溝通的過程裡，也從來沒有學過「英文拼音」啊！

　　很多外籍人士，來台灣可能才半年就很會講中文了。他們大多也沒有刻意去背「注音」，就能直接點菜。想想

他們怎麼學會用中文點餐的？

　　如果你的英文還停留在「學拼音」階段，千萬不要因此喪志，因為英語的溝通能力，其實可以跳過「拼音」。

　　如果你像我一樣不喜歡學發音，那就直接跳過吧！

　　根據我的教學經驗，跳過拼音，學員的唸讀能力反而進步了！

拼音讓你更怕開口

　　根據我的教學經驗，如果之前有「過度」學習英文拼音的學員，他們在讀英文時，會完全被機械式的「拼音法則」給綁架！

　　在看到英文單字時，他們的大腦就開始複雜的拼音運算，再唸出聲音。如果要再了解意思，大腦就還得想：「這個單字的中文是什麼？」然後就陷入了搜尋模式。

　　就算能夠翻成中文，也未必能懂整句話的意思。他們越是努力，越被這些規則綁死，深陷迷宮了。

　　這是因為英文的拼音規則非常複雜，還有很多例外，所以大部分人遇到不會的單字，就只能「用猜的」，而且猜錯的機率很大，外國人也未必能聽懂。

我們在學校被訓練成：「看到不會的英文，也要能唸出來。」不斷在學拼音的人，沒有去留意外國人的唸法，而是用拼音去猜，反而更讓老外聽不懂了。

如何快速的讀懂內容？

　　大家在讀英文時，還會遇到一個困難，就是難以理解內容。

　　文章字裡行間，總是會有不懂的單字，這時就要去查字典，抄下「中文翻譯」；但就算每個單字都查好了，也未必能了解文章的真正內容。

　　要查單字這回事，實在是綁手綁腳，讓文章難以快速吸收；但對於各行各業來說，要吸收世界最新的知識又離不開英文閱讀。

　　你一定想問，難道沒有更好的方法嗎？

　　請你回想我們是如何讀懂中文呢？我們老早就沒在背中文單字啦！所以英文閱讀想要翻身，一定要參照我們中文閱讀的模式。

　　讀中文時，無論是「讀音」「字意」，甚至「內容」，都速度飛快，一目了然。

舉例來說，當讀到「枯藤」一詞時，沒有注音，我們也能照樣讀出，並且腦海會閃出一棵符合「枯藤」造型的植物。例如：「枯藤、老樹、昏鴉。」我們的腦海，也會配合閱讀的進度，產生影像。

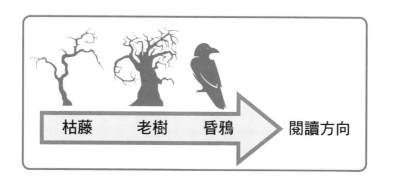

枯藤　　老樹　　昏鴉　　閱讀方向

　　也就是說，當閱讀能力在最佳狀態時，其實是會一邊看字，一邊閃出圖像及讀音。眼睛掃過一句中文時，腦海也會立即勾勒出藍圖與細節。

　　那什麼是英文閱讀的理想狀態呢？其實我們在美國讀英文，有個密而不宣的默契。那就是不要刻意去記音標，也不要再「英翻中」了。只要看到英文單字的「樣子」，就立即閃出圖像及讀音。

　　那遇到陌生的單字怎麼辦？我們腦海裡的藍圖，會自動去推敲出字意。比如看到英文食譜裡寫：Remove the skin

from a garlic clove。

這句話配上圖片，在我們的腦海中就會產生「蒜頭剝皮」的畫面。

至於 clove 是啥？推測起來，應該就是一顆一顆，從整團蒜頭裡分出來的小蒜頭吧？

就像這樣，平常閱讀時不用刻意查字典，就能根據畫面推敲字意了。

如何快速讀懂中文？

英文要如何達到這種「看字閃圖」狀態呢？

首先，**我們要清除「機械式」的英翻中。**

我們小時候的中文閱讀，是如何訓練的呢？

順序其實是：1. **聽懂**，2. **能說**。

舉例來說，大約在幼稚園時，大家就都就唱過「兩隻老虎」這首歌。聽到「老虎」的讀音，小朋友的腦海中就

會有「老虎」的畫面，也就能自然的說出。

然後是怎麼學認字的呢？

是 1.「聽懂」2.「能說」老虎的前提下，才有後來的 3.「認字」。

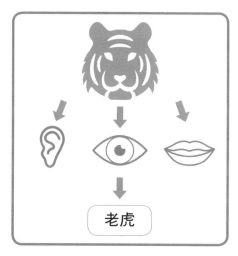

這時候，就會把老虎的讀音，跟老虎的畫面，對上了「老虎」的文字。

未來若又讀到「老虎」這個文字圖形時，腦海就會自動閃出老虎的畫面及讀音了。

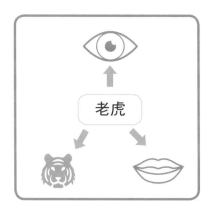

　　但我還是要強調，千萬不要以為拿「英文單字本」去找個畫面，唸唸讀音、看看字，就可以增進英文的閱讀能力喔！

　　因為**大腦對於零散無架構的隨機事件印象不深刻，很容易忘記。**

　　我們學中文也是有架構的。

　　還記得嗎？我們小時候閱讀各種故事書時，不管小朋友聽到的是「三隻小豬」「白雪公主」或是「小紅帽」，都是有一個主要的故事架構，再把「遇到」的中文，照著1. **聽懂**、2. **能說**、 3. **認字**的步驟，不斷累積「看字閃圖」的能力而來的。

　　日積月累後，就有很多可以「看字閃圖」的影音庫。看到一連串的中文字時，腦海裡就會產生一連串的畫面，

就能立即讀懂文章的內容了！

　　這樣訓練，不但學習的過程很有趣，閱讀起來也輕鬆多了。問題是，原本英文的閱讀習慣要怎麼轉換呢？

學英文比登天還難？

　　「機械式」學習在記單字時，是直接從「背字」開始，再用拼音來回推敲「讀音」，然後去了解「中譯」。

　　步驟 1：在看到 Tiger 的單字時，先背好 T-i-g-e-r 這五個字母。

　　步驟 2：接著推論出發音符號〔'taigə (r)〕。

　　步驟 3：再背出中文翻譯「老虎」。

老虎
↑
〔'taigə (r)〕
↑
Tiger

　　如果要閱讀一行字，就要把每個字的「發音」和「中譯」查出來。如果每讀一行文字，就要去找 5、6 個單字，那閱讀起來想必非常吃力吧！

　　再參照一下 119 頁，用「影像反射」的閱讀方式，理

解速度是不是快多了？

　　英文閱讀若能達到「看字閃影音」的狀態，閱讀能力就能一日千里，過目不忘。

　　當然，以我的經驗與觀察，只要親身來密集訓練，大約 4～8 小時，就能進入這樣的閱讀狀態啦！

　　各位不妨在日常生活中，從簡短的英文開始練習閱讀。練習的重點是，在看到英文時，能快速的在腦海構圖。

　　現實世界中，不論是點餐、看食譜，或找景點，都有很多機會練習喔！

♣〔練習〕閱讀推理法

假設你現在在餐廳點餐，看到下列的英文及附圖，如何推理出句子的意思呢？

【練習一】

看圖就知道是，這些英文指肉丸義大利麵，再各別對照單字，就能知道「Meatball」指的是肉丸，也能推測出「Spaghetti」就是義大利麵囉！

Spaghetti and Meatball dish

尤其在你品嚐肉丸義大利麵之後，假設未來再讀到這些字時，腦海裡就會自動閃出相關畫面！

【練習二】

在國外領錢時，看到提款機上寫著「Automatic Tell Machine」，是不是就會了解詞意了呢？
將這個畫面印入腦內，再看到「Automatic Tell Machine」時，腦中是不是就已經閃過了 ATM 的樣子了呢？

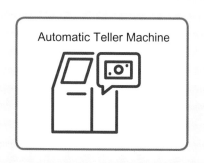

Automatic Teller Machine

一旦全面轉換，閱讀英文就會像是以「光速」前進，掃過一排英文，腦海的影像就同時浮現，英文單字也會順便「拍照」秒記起來。這樣就能像閱讀中文一樣，迅速吸收知識。

　　我本身在外商就職，常用到英文，深深了解英文表達的重要性。但兒子不喜歡背單字，那重複性高、又堆積如山的作業，讓他在還沒了解英文的樂趣時，就對英文產生排斥、失去了信心。

　　Jean 老師的教學讓他不那麼排斥英文，且慢慢知道了英文的有趣之處，也更願意開口練習了！

　　期中的英文口試，兒子不需要老師的任何提示，就在口試拿到了滿分！當然，重要的並不是分數，也不是試題的難易度，而是他敞開了學習的心房，也燃起了興趣。

　　這就是我想要給他的鑰匙，也是我對於會畏懼開口的人的建議。只要你敢開口，就更有機會走向你想要的那個方向。大家加油！

——鍾小姐（48 歲）＋林同學（12 歲）

　　當初我還在讀碩士，由於是技職體系出生，英文能力不足，在讀各科原文書時不但費時費力，壓力也很大。

　　後來，我找到 Jean 老師訓練才一天，很神奇的，我就能聽懂部分 VOA（美國之音）；上網閱讀英文的專業資訊，理解的速度也有所增加。

　　其中進步最明顯的是英文聽力及口說。我所學是軟體設計，因此我開始用英文聽專業相關的教學影片、知名講座，期許自己能更快速接收世界上最主流的軟體資訊，也藉此機會增加自己的職場競爭力。有了先前的準備，在求職時，順利的被錄用了。

　　我不再抗拒英文，而且可以依照自己的想法運用它，來學我想學的東西，做我想做的事！

——黃先生（26 歲，工程師）

如何讓英文「下筆成章」？

第十一層地獄：「驢子騎人」

君兒與使者來到了另一座英語地獄之城。

城裡除了小孩以外，其他青少年、成年人，甚至老人們在街上行走時，肩上都扛著一頭很重的驢子。人人舉步為艱，似乎扛了千斤萬擔，背都壓得變形了！

君兒覺得奇怪，轉頭問使者：「驢子不是給人騎的嗎？怎麼這裡的驢子反而是騎人？」

使者道：「在這座城裡，驢子稱之為英語法驢（律），人人把牠們當神明來供奉。只要出門，就有背負英文法驢的責任。如果沒有背好，讓法驢的腳蒙塵，就會遭到嚴刑峻罰。」

為了扛起法驢，各式各樣的課程因應而生：「扛驢基礎班」「扛驢呼吸法」「扛驢重訓團」等，大家歷經了千辛萬苦，忍受千錘百鍊，只恨自己的背不成鋼，扛不好肩上的這頭法驢。

還是有人受不了，只見某位少年一不留神，「咚」地一聲跌倒了，路邊的地獄護法見了毫不留情，一鞭子就狠狠往少年

身上抽去！

　　沒有人敢放下法驢來反抗，只有少年身旁的父母大驚失色，連忙跪地求饒。

　　君兒看不下去，就拉住法驢，踩上腳鐙，騎上驢子。她大聲呼籲：「法驢是來幫我們分擔的，不是來造成我們的負擔！大家不要忘記，你們才是法驢的主人。法驢要服務人，不是要被人服侍。」

　　城裡的人都驚呆了，大家世世代代都鞠躬盡瘁，供奉服侍著英文法驢，從來沒有人想到原來法驢可以為人服務！

　　城裡的人望著君兒騎驢，再望向地獄護法，不禁遲疑了。

　　最後他們感覺到了背上的千斤萬擔，不由得深呼吸一口氣，是該下決定的時刻了：是法驢騎人，還是人騎法驢？

被「FIRE」掉的 Jean 老師

話說在我回台初期，曾去應徵過「英文家教」，雖然有「美國州立大學畢業，美國公務員 10 年」的資歷，早期面試時，卻也不是絕對順利。

其中一個家庭很特別，要找家教訓練「英文寫作」。家長跟我說：「我女兒高二，她之前的家教大學畢業搬走了，所以想找新的家教。」

我想想自己在美國念大學及當公務員時，也累積了一點寫作經驗，功力應該可以應付台灣的「英文寫作」吧？

但我當時果然還是太天真了！

我告訴孩子：「寫作嘛，就是要表達自己的想法。脈絡先釐清，條理要分明。外國人喜歡把結論寫在前面，再列出論述佐證；文章的結尾要再呼應開場的重點，最後呼籲行動，妳的文章就會很有力道了！」

女學生好像聽到外星文般，不解的說：「Jean 老師，我之前的家教只是幫我改文法而已。她會用紅字幫我訂正錯誤，然後解說正確的寫法。」

她拿出一疊「作文」，字裡行間有許多訂正的紅字。

我疑惑了：「只有改文法？但是妳能用英文表達內心的想法嗎？」

丟臉、很自責」，甚至有聽過因此而退出職場，再也不敢做跟英文相關的行業了。

我曾在美國當了 10 年的公務人員，有跟外國人長期共事的經驗。職場英文的事實是這樣的：外國職場跟台灣一樣，大家都很忙，想聽的都是「重點」！

大家忙自己的事就焦頭爛額了，沒有人有空來充當英文老師、修正文法，溝通的目的主要只有一個，就是「解決問題」。

所以在職場的英文書寫也是一樣，用書信與外國人溝通時，請你先求有，再求好吧！

儘可能的清楚列出重點，讓對方了解你要表達的內容。如果他們看不懂，也不必急著自責，想想我們寫中文時，對方也還是會對內容有疑問吧？這時只要針對需要澄清的地方再解釋就好，不用為自己的英文感到抱歉，或自覺低人一等。

在英文裡，當個專業、成熟，有自信的自己！當然，如果有熱心的主管或同事，願意免費指導文法，那就利用機會學起來吧！

讓「英文寫作」信手拈來

從小，我就很喜歡「國文課」。

在我求學時遇到的國文老師，對中文都抱有高度的熱情。課本裡的文章，彷彿是一場又一場盛宴佳餚，國文老師就像在評論一道道色香味俱全的美食般，帶領著我們樂在其中。

運用中文，我們可以學習很多知識，明白很多道理。文字的力量實在神奇，閱讀總是讓我醉心不已！

那為什麼英文課就不一樣呢？學英文就是為了要背單字、文法，像台翻譯機？有誰把英文當作是藝術品來欣賞呢？誰會去了解外國作者內心的情感與意境？誰會有興趣去研討英文詩詞裡的押韻？還有字裡行間的妙語如珠？

在台灣，學英文只有一個目的，就是要「會解題」。

如果國文作文也比照英文辦理，不用鋪陳、不需布局、不必有獨立思維，只要句型和語法正確就「滿分」，那也不必勞動國文老師閱卷，直接輸入電腦修改就好啦！

想要寫出流暢、具有說服力和影響力，甚至情溢於詞的英文，其實很簡單，先欣賞好文章吧！

在閱讀英文時，去感受到作者本身的能量、核心價值，分享的知識，訴諸的理念，這些才是真正要聚焦的地

方，才是作者要分享的寶藏。

文字就像是一把劍，架構就像招式，但最重要的，是表達心中的想法。當你的思維與文字合一時，才能真正做到「人劍合一」！

我的小孩就是這樣學英文的。

有天我突然發現，小五的兒子忽然寫了整首英文歌詞在白板上，便問他：「咦？你什麼時候會寫英文了啊？」

原來他聽這首歌聽了很多遍，就自己好奇的上網練唱，久而久之，就會寫整首英文歌詞了。平常也可以跟美國的朋友，洋洋灑灑的寫英文互動。

「英文寫作」對他們而言，是早就學起來放了！生命如果不設限，真的會自己找到出路的！

英文要寫得流暢，一定要以實用性、溝通性為前提。一開始練習寫作，只要平鋪直述，把腦海的畫面與想法簡單表達出來就好。

一回生二回熟，不懂就再問，或再修正解釋。久而久之，英文寫作就像小時候寫作文一樣，漸漸能夠「無師自通」啦！

瞬間寫出英文單字

　　英文寫作很簡單，把想法平鋪直敘地寫出來就好了！但在大筆揮毫時，遇到不會的單字時怎麼辦？

　　在此，我分享一個如何「瞬間寫出英文單字」的技巧。

　　先來了解問題出在哪裡，為什麼單字會寫不出來呢？很多人在寫作前，要先想好「中文」才能寫出「英文」，而這正是問題所在！如果「單字量不夠」，你在寫作時就會被卡住，思緒也會被強制中斷。

　　讓我們想想「中文寫作」時，不會寫該怎麼辦吧！寫中文時，我們都是直接把想「說」的話寫出來，如果字不會寫，我們就用「注音」記下來。例如「高麗菜」，就寫成「高ㄌㄧˋ菜」。

　　寫英文也是一樣，如果不會背高麗菜的單字，那就先把會「說」的單字，簡單的用字拼出來，例如將高麗菜寫成「Kabege」。

　　直接用字母拼出聲音後，在文字處理軟體

裡，這個字的下面就會出現紅線。此時，再用滑鼠點擊「右鍵」，選出我們「眼熟」的「Cabbage」，問題就解決啦！

也就是說，我們的文字，其實就是在記錄說話的「聲音」。比如說台語的「芒果」怎麼寫？我們寫下最接近的「聲音」，會講台語的人就「看」得懂了。

當然，這麼做的前提是你要先會「說」。

這也是我一直強調的。學英文的關鍵，是先「聽說」，而不是靠「單字量」來中翻英。

只要你的英文是「影音思維」，你的書寫能力就能迎刃而解，自然而流暢地寫出心中所想。

那文法怎麼辦？很簡單，就跟為人處世的大道理一樣：「盡力而為」。

寫完自己盡量檢查，或是請認識的老外幫忙校閱。若有必要，也可以交給專業的翻譯社！

英文只是一個表達的工具，如果有必要寫報告或文章，只要掌握以下要領，就可以先「活下來」。想想以下英文寫作的步驟，跟中文寫作是不是很像呢？

釐清內容 ➡ 列出大綱 ➡ 寫出想法 ➡ 審視修改

其實在現實生活裡，我們很少需要寫出單字。

　　點餐時，菜單是先印好了，才讓你點；真的需要寫英文時，也大多用鍵盤來打字居多。

　　在這個 3 C 產品充斥的時代，大家遇到不會寫的字，也都是先打注音啊！雖然在考試的世界裡，查閱就算「作弊」，但在現實生活中，找答案反而是「機會教育」。

　　請你放下框架，寫出心裡的想法，讓英文寫作起飛吧！

♣〔練習〕瞬間拚字法

遇到不會寫的單字怎麼辦？來簡單的練習一下吧！
先假設遇到一個你會講，但不會寫的英文字，例如「華盛頓」，要如何寫出來呢？

步驟 1　拿出手機，切換成英文鍵盤。
步驟 2　先用英文字母，打出類似「華盛頓」的音，例如：wash。有沒有發現，字還沒打完，就出現很多選項了呢？
步驟 3　根據印象，選一個你覺得最符合的字吧！選錯了也沒關係，找到就會記起來了！用聲音打字的方式，配合現代的科技，寫英文的效率就增強許多囉！

掃描左方的 QR code，可以看
看教學影片：「英文不會寫，怎
麼辦？」

如何讓英語「無師自通」？

第十二層地獄：「揠苗助長」

　　二人來到一處稱為「訓練兒童」的英語地獄。只見此處小橋流水，幼兒們成群結伴，一起玩捉迷藏、木頭人、母雞帶小雞，不亦樂乎。

　　但忽然有一對父母捉住其中一個小女孩，說：「小婷，妳已經 7 歲了，不能再到處玩了！要回去接受英文改造，才能通過英文檢定。」

　　一聽到要「改造」，女孩嚇得大聲尖叫、死命掙扎：「不要！救命啊！走開走開！」

　　媽媽苦口婆心勸道：「別這樣，這是為妳好！妳要能通過英文檢定，才會進入英語天堂啊！再晚就沒救了！」

　　小婷哭道：「那個『改造』好可怕啊！姊姊被改造後，她再也不能出來玩了。我以後再也不能出門找朋友玩了，嗚～」

　　爸爸也加入勸導：「這是為妳好，懂嗎？才不會跟我們一樣，永遠待在英語地獄這個鬼地方！」便一把抱起小婷回家。

女孩哭得像個淚人兒，也來不及跟同伴們說再見。

媽媽也在哭：「女兒，有一天妳會感謝我們的。」大家都哭了，像是在為女孩哀悼。

回到家，地獄的長者已經準備好改造的「工具」。爸媽壓著女孩跪下：「報告長者，我們的女兒準備好了。」

長者道：「很好。記住，吃得苦中苦，方為人上人。所有讓小孩分心的事情，都要去除。只有趁早學英文，通過檢定，她才有機會進入英語的天堂！」

女孩淒厲的慘叫聲，君兒不想記錄了。在機器人的世界裡，「五感」只是會令人分心的阻礙。

改造後，女孩在英文的世界裡，再也看不見、聽不到、也說不出話，更不會有自己想法了。這樣就能專心背單字、學發音、記文法，成為一台符合標準的「中英機器人」。

小孩不愛英語，怎麼辦？

很多家長往往出了社會，才知道英文的重要性，自覺自己基礎沒打好，出了社會後想重頭來過卻處處碰壁，怎麼學也跟不上，所以不願自己的孩子重蹈覆轍，苦口婆心地規勸小孩加強英文，甚至規畫大筆預算，讓小孩一路讀雙語幼稚園、上外師補習班，不想讓孩子輸在起跑點！

因此，許多針對小孩及青少年的英文產品、課程因應而生。

運氣好的遇到良師，找到好方法，對英文產生興趣，從此英文也就上軌道了，不用爸媽操心；但運氣不好的，遇到挫折、失去自信或自暴自棄也大有人在。或者繼續努力，最後分數有起色了，英文卻從此成為挫折與壓力的來源，學習再也快樂不起來了。

這讓我想起以前「裹小腳」的習俗。

當時認為女人腳要小才「美」、才會有人要，所以很多父母不惜扭曲女兒的腳骨，犧牲她們一生的自由，只為獲得世人的認同。

看在現代人的眼裡，這種「陋俗」簡直不忍直視。

這也是很多小孩被逼著學英文的感覺。如果他們學得很痛苦，只是硬逼他們符合了期待，到了外國卻還是開不

了口，付出這些痛苦的代價，除了分數，又得到了什麼？

　　其實學英文，真的可以不用像上刀山，下油鍋！它可以很自然很快樂的！天下有誰會想害孩子痛苦一生呢？

　　所以我想分享一些方法，讓學校的英文教育，成為我們兒女英文的養分與助力，幫助孩子不被英文所困，能夠駕馭英文，甚至無師自通。

小孩天生是語言天才

　　如何引導孩子自學英文？這其實是一個奇怪的問題。

　　所有人都公認，小孩子學語言的能力是最強的，大約一兩歲的小孩，就可以跟大人自然的溝通對話；沒有受過台語及客語的正式教育，卻能對答如流的也大有人在。

　　其實，**小孩天生就有能力自學英文啊！**

　　在我這一代，要到「國中」才開始學英文，背書背得很辛苦。但這是因為「年齡」的關係嗎？如果是，那國中之後，我們的年紀只會越來越大，不就更沒救了嗎？

　　按照這個奇怪的邏輯，那就叫小孩早一點來上英文課背單字吧！但爸媽也不知道會講英文到底是怎麼回事，只能「道聽塗說」「花錢上課」。

結果發現，不管年紀大小，都可能記不起單字！這讓父母就更焦慮了，不認真學英文怎麼行？甚至為了英文反而破壞了親子關係，真是吃力不討好！

　　但退一步想，拿著課本背單字、唸音標、記文法的方式，連大人都學得七葷八素的，為什麼要叫孩子來學呢？

　　還記得我的國中時代，為了逼學生學英文發生了多少慘劇？這種學習英文的方法，不就是扼殺了學習語言的本能，讓孩子的英文被「裹小腳」了嗎？

　　小孩的記憶力有比較好嗎？他們上課忘記帶水壺，聯絡簿忘了簽，出門忘記關燈，這些都司空見慣，所以小孩記憶力跟我們差不多，並沒有比較好！

　　但為什麼他們小小年記，中文就能講得這麼溜？讓小孩用這種方式學英語，不就快多了！在此跟大家分享我的兒童英語「培育」法喔！

孩子英語的最佳狀態

　　我們想像一下，什麼是孩子學英語的最佳狀態？不外乎就是：

．覺得英文課好簡單

．句型文法一聽就懂

．會主動的自學英文

．輕鬆準備英文考試

．聽說讀寫無師自通

．英文成績都近滿分

這些其實都不是夢！

包括我自己還有很多學員，都用了這些方法，來啟動孩子的英文自學模式，之後就不必花太多心思擔心孩子的英文啦！

啟動孩子的自學模式

話說我的小孩剛回台灣時，完全聽不懂、也不會講中文，很多人勸我送他們去「美國學校」，保住他們的英文，但我還是想讓他們先適應台灣的生活，於是把他們送到一般的幼稚園，老師是以中文授課為主。

這兩位因為完全聽不懂，原本是抗議的，但我鐵了心告訴他們：「想辦法活下來。」

說也奇怪，他們跟著老師、同學，從模仿簡單的生活用語開始，很快的就進入狀況了。猜猜看多久之後，這兩個小娃兒就能開口說出流利的中文嗎？

　　答案是兩個星期！

　　對，其實扣掉週末，也才上了 10 天的課！沒有刻意學中文的狀態下，才 10 天，這兩個孩子就完全進入中文的「自學模式」，把國語學得很好，在幼兒園混得不錯了！

　　運用「影音」的模式學語言，是如此的神速！各位的小孩也一樣，只要運用「影音」模式，就可以讓孩子的英文「無師自通」！

　　下面，就讓我們依孩子的年齡來「因材施教」，啟動他們英文自學的能力吧！

影音階段： 0 ～ 6 歲的黃金時期

　　如果你的孩子還沒上小學，而你又剛好看到這本書，恭喜你，你未來應該可以省下很多孩子學英文的預算囉！

　　你的孩子正處於學習語言的「黃金時期」，他們的英

文尚未被填鴨式的教育「改造」，五感是全開的狀態，可以輕鬆的吸收周圍環境的語言。

這階段，你只要輕鬆的打開電視或上網，讓小孩看「英文卡通」就好了。

小孩會觀察影片裡的劇情對話，直接吸收英文的「影音庫」。他們不會區分那是「外來語」，而是把英文當母語一樣，全盤吸收。不必急著學「文字」，只要影音庫夠扎實，未來遇到文字時，就能很輕易的「拍照記字」了！

在這個時期你唯一能去強化的，就是讓小孩覺得「英文」等於「快樂」！光植入這一點，就讓他們一輩子受用了！

我的學員常跟我說，他們會和孩子一起看英文卡通，或用英文來講故事，例如《白雪公主》《三隻小豬》等，順便練練自己的英文口條，教學相長，跟孩子一起留下許多快樂的回憶。

當然，最好是你也要克服英文的恐懼，才能分享快樂！如果你克服了對英文的恐懼，就會發現英文其實不難，也可以引導小孩樂在其中，更不會方法錯誤，反而讓孩子「倒退嚕」啦！

這個階段也可以應用生活中，每天都會接觸的簡單物品來學習。中英夾雜也可以，先不要使用太複雜的文法，

例如吃蘋果，就說吃「apple」，洗手用「wash hands」，玩具車就說「car」，讓他們用五感去體驗有英文的生活。

　　我以前教幼兒英語繪本時，總會帶著很多道具。比如講到「water」，我就會拿噴霧器讓小孩噴噴水，邊說「water」邊感受「水」的觸感；或拿著一團棉花，假設那是「cloud」，讓小孩邊摸邊說「cloud」。

　　最後，我把故事編成一首歌，配合動作來唱英文，小孩總是很快的就學會開口囉！所以也可以帶小孩去參加英語繪本教學，跟著英文老師玩樂唱跳，開心的享受英語吧！

操作階段：7～9歲的做中學時期

　　小一至小三的孩子，如果讓他們看英文卡通，他們可能會因為聽不懂而抗議！這時請你們運用小孩喜歡大人陪伴做事的心理來切入囉！

　　我花了將近三年來設計了各種實作的英文課程，近距離的觀察並引導兒童學英語。一般來上課的小孩對英語相對陌生、甚至排斥。但當孩子進了「英文」教室，看到各種食材，眼睛就亮了起來。

我個人喜歡拿「實物」來教學，要真的做出可以吃的食物，或是能點亮的燈籠，這樣的學習方式不是更有趣，也更貼近真實的生活嗎！

　　在用英語操作的過程裡，我首先的目標，是要讓小孩能夠在拿起物品時，就能夠講出來。例如看到高麗菜，就能說出「K必舉」；看到豬肉，就能說「PO克」等，要說出食材，才能拿去包水餃。

　　小孩的模仿能力很強，加上又是「為達目的，不擇手段」的天性，講英文算什麼！很快的，包個幾顆水餃，所有的食材及步驟，就能全盤用英語說出啦！

　　當然，我的小孩也首當其衝被拉進來學習。我們那幾年就一起用英文做過湯圓、蔬菜湯、烤蛋糕、水果串，也一起射飛鏢、障礙闖關、做燈籠，有很多快樂的回憶。其他的孩子也都會很主動、很踴躍地講英文，甚至出國時，還會幫長輩們充當小翻譯呢！

　　在能用英文「說」出各種食材與步驟後，我們才會一起「認字」。比如說「K必舉」的「Cabbage」，「PO克」的「Pork」等。這時運用「拍照記字」法，輕而易舉就能記起來囉！

　　你可能會想：「萬一我講錯了，誤導了孩子怎麼辦？」這句話乍聽之下似乎很有道理。但是如果是這樣，小孩們

就不能互相對話了吧？因為他們的國語都尚未完美啊！

　　其實不管國語也好，英語也罷，大家都還在成長進步中，沒有人敢保證自己的中文跟英文是「絕對完美」的！

　　很多人即使年紀不小，但在英語裡，都還算是「幼齒」的嘛！幼齒的英語不標準是天經地義，所以別擔心，只要在英語裡快樂做回小孩，一起探索玩樂就好囉！

自學階段：10 ～ 12 歲的自學時期

　　如果你看到這本書時，小孩是介於小四至小六的時期，通常他們已經接觸過英文課本了。

　　現代的小孩對英文會呈現兩極的「M 型」狀態：一群是很愛，另一群就是很討厭！如果你的小孩屬於很愛英文的那群，平常就能看懂英文卡通，看到外國人也很敢講，那恭喜喔！就繼續讓孩子適性發展就好。

　　但萬一小孩是屬於很討厭英文那群怎麼辦？如果不喜歡英文，學校老師又面對進度與教材的壓力，有可能無法顧全程度落後的孩子；而送補習班、請家教，小孩也未必吃這一套。

　　如果用打罵的方式來逼迫，小孩可能會對英文更恐

懼，親子關係也會變得疏離。但如果威脅利誘都沒有辦法，要怎麼燃起孩子學英文的熱情呢？

別太擔心，我自己就屬於後者。如果你家小孩跟我小時候一樣很叛逆，那代表他們是具有獨立思考的能力，有勇氣表達自己的想法，並且清楚自己目標的小孩啊！

面對這樣的孩子，要先找出他們的「興趣」在哪裡。

孩子總愛玩手機、打電動、看影片（至少我的孩子是這樣的），在他們讀小學時，我就在家裡安裝了英文版的「當個創世神（Minecraft）」。

這是一款讓小孩利用各種建材、物品、動植物來設計「世界」的遊戲。女兒在玩遊戲時，蓋房子、建花園、設農場的過程裡，學會了各式各樣的「英文單字」，例如：「chest 木箱」「cow 牛」「flower 花朵」等。

當然，這兩位也不用我耳提面命，每天有空就吵著要去「記單字」了！讓我有點哭笑不得，哈！

等小孩打電玩到一個程度，要怎麼破關呢？老媽也不懂，所以他們就自己上 YouTube 找答案。

因為是英文遊戲，所以只能打英文字來搜尋，解答的影片或文章，自然也是英文版的。久而久之，他們就「學以致用」，自己上網打英文查資料。英文的聽說讀寫，就「無師自通」了！

自主階段：12 歲以上的自主時期

如果您看到這本書時，孩子已經是青少年：國中、高中，甚至大學生以上了，又對英文很沒信心怎麼辦？

到了這個階段，學校的英文比重更大了，很多家長一定會心急如焚。其實我們能改變別人的都很有限，但我們永遠可以先想像孩子在學校，可能面對英文本來就沒什麼成就感，回家還要面對來自父母的壓力，這對他們的學習肯定幫助不大吧！

想想我們當了父母這麼多年，對於自己的諸多不完美，孩子還是選擇無條件的愛我們；我們也該同樣的以尊重與信任來回報孩子吧！

這個階段的孩子，「英文成績」不是最重要的了。我們要關心的應該是：孩子在學習英文的過程裡快樂嗎？有沒有受過傷？自信有沒有受損？讓孩子在英文中重拾信心，才是最重要的。

先放下對孩子的焦慮，坦誠告訴孩子，其實我的英文也沒有很好，不如一起來找出路吧！英文其實是一個心靈的課題，要先拔除限制性信念，修復心靈創傷，再植入快樂又有效的學習法，找回小時候的學習模式，英文就能重上軌道啦！

學員真心話

　　非常感謝 Jean 老師，讓原本放棄英文的國三女兒有了變化。

　　孩子從國小到國中，在英文學習的路上飽受挫折，到最後告訴我「這輩子都不要說英語」，讓我十分難過。

　　後來偶然看到老師的課程訊息，我立刻被吸引，女兒也在短時間內產生化學變化。

　　她願意開始說英文了，也相信自己未來可以隨時隨地開口，讓她打開了英語心視界，擁抱溝通無礙的英語世界通。

——詹女士（50歲）＋女兒（15歲）

　　孩子從小就上了 2～3 年的雙語幼稚園，接著又進入知名的連鎖美語補習班。如此懵懵懂懂學了 5 年，但偶爾去國外走走，一樣無法開口說上幾句，更聽不懂老外說的話。讓我感覺學英文只是能應付考試就很好了，想應用在生活中簡直是天方夜譚。

　　直到我偶然發現了 Jean 老師的課程，帶著孩子一同前去，他們才發現原來英文這麼好玩！

　　孩子們雖然還是有點害羞，不敢主動開口，但遇到外國人問題時，已可以回答了。上了國中後，對閱讀文章也覺得容易許多。

　　我們真的非常幸運遇到一個好老師，讓孩子跟國際接軌不再那麼的遙遠。

——王小姐（44歲）＋女兒（12歲）＋兒子（8歲）

後記
找回真正的自己

英語的天堂：「宇宙真理」

君兒告訴使者：「原來這十二層英語地獄，就是十二個英語迷思。任何人一旦被這些迷思誤導，就會永遠沉淪於英語的地獄了。但要如何知道自己的信念是帶我們往地獄去，還是上天堂呢？」

使者道：「要驗證一個信念其實很簡單，只要記住一句話：『真理會讓你自由』。如果一個信念讓你的心靈更真實、更豐盛、更自由，它就會引導你進入天堂；反之，如果一個信念，讓你的心靈更缺乏、更恐懼、更設限，它終將帶領你步入地獄。只有真理能帶來自由，因為真理就是自由。」

君兒問：「按照這個驗證法，很多學英語的信念都叫人更恐懼、更自卑、更不自由。但是世人卻都認為那些方法才是正確的，怎麼辦？」

使者道：「我們來檢視這個信念：『追求世人的認同』，會讓一個人的心靈，更真實、更豐盛、更自由嗎？」

君兒道：「當然不會！如果學英語是為了獲得他人的肯定，但每個人的看法不同，要聽誰的呢？如果要別人肯定才快樂，就是把自己的快樂交給別人了，當然不會自由！」

使者點點頭：「是的，真正的自由，永遠在自己的手裡。

所謂『知之者不如好之者，好之者不如樂之者。』快樂就是英語天堂的指南針。什麼方法能燃起學英語的熱情？什麼方法能讓你樂在英語？那就是英語天堂的方向。」

任何人只要活出英語的喜悅與自由，就會像微小的火光，終將燃起熱情。光出現了，黑暗自然不復存在。只要敞開心胸，宇宙的智慧將會指引他們自由的方向。

「帶著我們的愛，去喚醒世人吧！記住，英語的天堂從來就不在外面。準備好的人，自然會聽見內心的聲音。」

Jean 老師的英語恩師

你也許會很好奇，到底是什麼樣的英語老師，才會孕育出 Jean 老師這位怪咖呢？

其實我非常幸運，一路以來學英語都像是中樂透，遇到萬中選一的好老師。很早被植入好的種子，再一路被澆水施肥，才能經過風吹雨打，存活至今。

國中時代我完全放棄英語，上課總是趴著睡覺。但當時任教於壽山國中的英語導師陳敏惠，也從未苛責過我。即使是在放牛班，仍可感受到她對學生的關心與期盼。

當我國三決定振作讀書時，雖然為時已晚，但她的眼神，永遠充滿期許與鼓勵，讓我覺得無論成敗，只要全力以赴，就不會後悔，老師會永遠以我為榮。

就讀高職二年級時，某位陳同學邀請我一起去補英語，當時很幸運找了台灣的補教名師——「楊喬老師」，從北到南班班爆滿！

在好幾百人的班級內，我只是位坐在後排的普通生，但當時只要能擠進楊喬老師的課，就是無比的幸運與光榮。課後學生們會前呼後擁的提問，老師不管再累再晚，都會細心的一一解答。大家都非常的喜歡老師，想當然

耳，也都非常的熱愛英語了。

再複雜的文法到他手中，也立刻一目了然；再乏味的課堂經他傳授，也像被灌入了新生命般，變得有趣至極。

他帶著我們進入英語的天堂，也讓當時苦悶的我們有了盼望。雖然我的英語成績沒有顯著提升，但認真打好的底子，讓我後來在美國可以學以致用。當時的快樂體驗，也在我的英語心田，植入了一顆震撼的種子。

就讀高雄的海青工商時，我也遇到一位陳曉梅老師。雖然並非直屬的英文老師，但她總是笑臉迎人，樂於傾聽我們這些小屁孩的心聲，也常常給予我們很多的溫暖與啟發。原來英文老師私底下，也可以這麼和藹可親啊！這讓我對英語又更有好感了！

後來，她還讓我回到她的課堂，去分享我在美國學英語的經驗。

那是我第一次「教英語」。我以高職生的角度，分享了許多在美國用英語的實戰經驗。我在黑板上畫了一棵樹，告訴大家：「文法像樹枝，單字像樹葉，至於我內心的想法，就是它的根了。」對於這些奇特的說法，學弟妹們反應熱烈，也讓我發覺，不論任何人，只要經過適度的引導與啟蒙，都可以樂在英語！

我從此燃起了對於教學的熱情，也十分感謝老師給我

機會，以及在我的心田植入了教學的種子。

　　初到美國時，我的英語仍不突出，溝通能力幾乎是零，但我發自內心的喜歡英語！英語代表了諸位老師對我的關懷與期許，歡樂與自由。即使在台灣基礎不好，但因為不排斥，就能慢慢吸收，英語就這麼漸漸地與我合而為一了！

　　我的英語力絕對不是偶然，是各位恩師對我的啟蒙與灌溉，才有今天。也要感謝他們從未因為我的平庸而忽略我。

　　幾十年來，各位老師春風化雨，早已是桃李滿天下。我能報答各位恩師的唯一辦法，就是繼續分享英語的天堂，讓這份愛流傳下去，發揚光大。

療癒曾受過傷的自己

　　後來我回台教英語，聽到很多學員的故事，在那填鴨式教育的時代裡，有多少人能像我這麼幸運，一路以來不斷的遇到這麼多好老師呢？

　　很多人當初學英語，經歷的是永無止境的壓力與無力感，覺得完全就是一場醒不來的惡夢！即使後來成家立

業，午夜夢迴仍覺得苦海無邊，無處是岸！

很多人認為英語是一個「技術」的問題，所以不斷去外求各種的技巧。但是英語其實是一個「心靈」的課題。因為對絕大多數人來說，你們的「英語」已經不是一張白紙，更有很多人的心田早已傷痕累累。

讓我們釋放過去對英語的負面情緒，找回真正的自己，重拾力量，發揮天賦的感官來學英語。

也許你也曾經在英語裡迷失，願我能帶領你進入英語的天堂，重新尋回學習的熱情！我相信宇宙會助你找回自己的力量，讓你實現願望的！

在此也感謝各位圓神出版團隊～他們在茫茫人海中找到了我，給我機會一起出書。過程中雖有瓶頸，幸好有他們提供許多建設性的指導及支持。讓我能更清楚的表達心中的理念，與世人分享這本書。

在此特別向尉遲佩文、柳怡如、賴真真、李靜雯、丁予涵、陳禹伶、與詹怡慧，以及眾多為本書絞盡腦汁、盡心盡力的圓神出版團隊們致敬。

Eurasian Publishing Group
圓神出版事業機構
用心與你對話・視野無限寬廣

如何出版社
Solutions Publishing

www.booklife.com.tw   reader@mail.eurasian.com.tw

Happy Languages 160

Jean老師光速英語：20小時聽懂、敢說！英語不再難開口

作　　者／Jean 老師
文字協力／李靜雯
發 行 人／簡志忠
出 版 者／如何出版社有限公司
地　　址／台北市南京東路四段50號6樓之1
電　　話／（02）2579-6600・2579-8800・2570-3939
傳　　真／（02）2579-0338・2577-3220・2570-3636
總 編 輯／陳秋月
主　　編／柳怡如
專案企畫／尉遲佩文
責任編輯／丁予涵
校　　對／丁予涵・張雅慧
美術編輯／李家宜
行銷企畫／詹怡慧・陳禹伶
印務統籌／劉鳳剛・高榮祥
監　　印／高榮祥
排　　版／莊寶鈴
經 銷 商／叩應股份有限公司
郵撥帳號／18707239
法律顧問／圓神出版事業機構法律顧問　蕭雄淋律師
印　　刷／祥峰印刷廠
2019年7月　初版
2020年3月　4刷

定價 300 元　　　　ISBN 978-986-136-536-7　　　　版權所有・翻印必究

學英語不是「建築業」，

不是「基礎沒打好就註定失敗！」

—— 《Jean老師光速英語》

◆ **很喜歡這本書，很想要分享**

圓神書活網線上提供團購優惠，
或洽讀者服務部 02-2579-6600。

◆ **美好生活的提案家，期待為您服務**

圓神書活網 www.Booklife.com.tw
非會員歡迎體驗優惠，會員獨享累計福利！

國家圖書館出版品預行編目資料

Jean老師光速英語：20小時聽懂、敢說！英語不再難開口/ Jean老師著.
-- 初版. -- 臺北市：如何, 2019.07
　　　168 面；14.8×20.8公分 --（Happy languages；160）

　　　ISBN 978-986-136-536-7（平裝）
　　　1.英語 2.學習方法
805.1　　　　　　　　　　　　　　　　　　　108008439